U0007435

最詭奇的
蒲松齡童話
浮生若夢

蒲松齡————著
吳雅蓉————白話翻譯　Amily————插畫

狐嫁女

羅剎海市

勞山道士

蛇人

小官人

小獵犬

促織

西湖主

雨錢

驅怪

水莽草

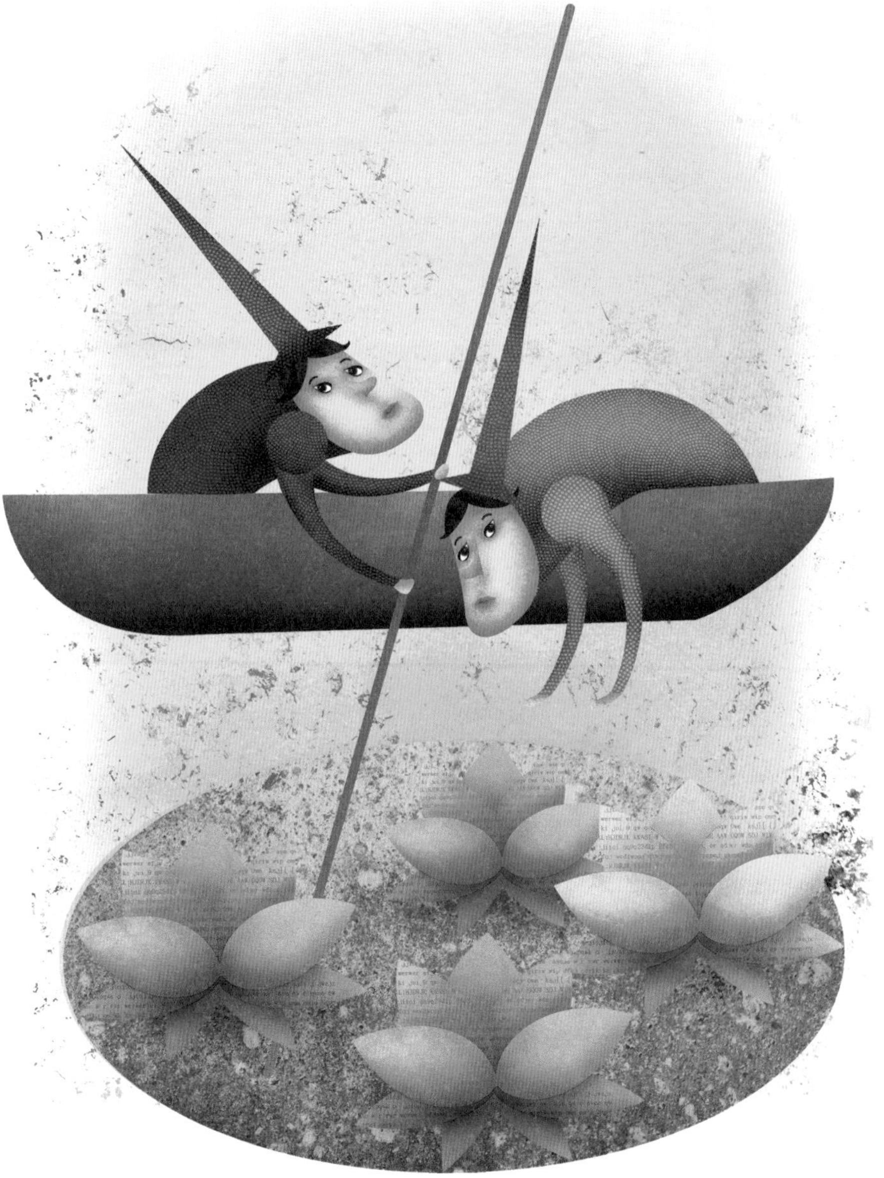

寒月芙蕖

河間生

鴿異

八大王

二商

狼三則

畫馬

安期島

賈奉雉

黃英

齊天大聖

鳥語

疲龍

石清盧

姬生

竹青

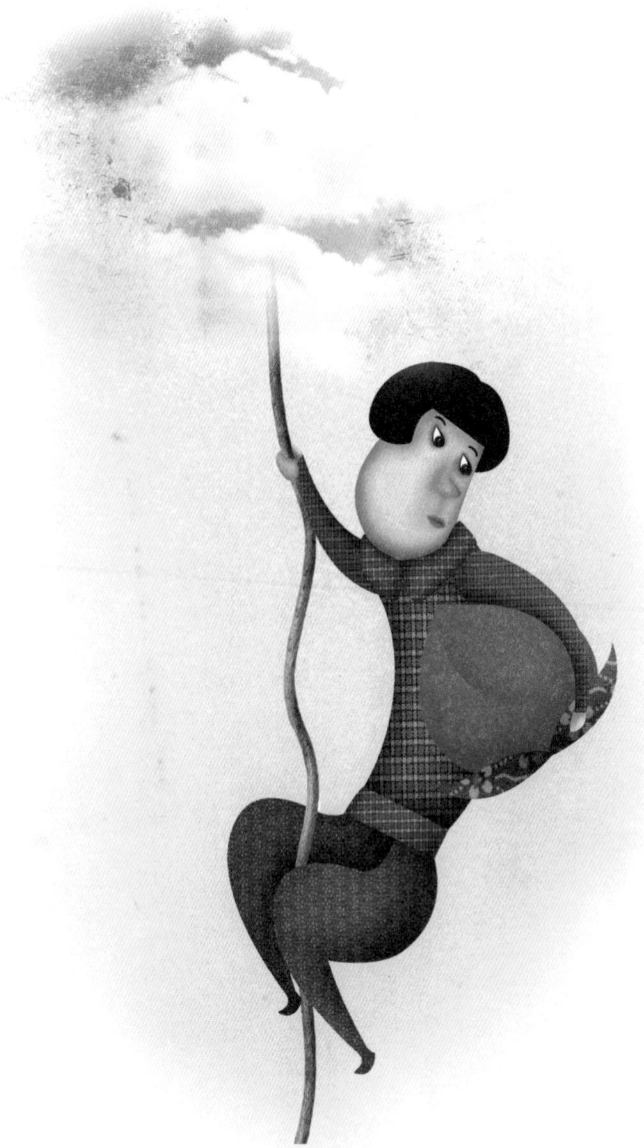

偷桃

導讀

託寓與想像：《聊齋誌異》的幻奇世界

蔡祝青

姑妄言之姑聽之，豆棚瓜架雨如絲；料應厭作人間語，愛聽秋墳鬼唱詩。

這是清朝文壇領袖王士禎為蒲松齡《聊齋誌異》一書所題寫的詩句，短短二十八言，卻很能把握全書的精神。「豆棚瓜架」是家人或鄉里閒話乘涼的場合，「姑妄言之姑聽之」則表達言者與聽者間隨性任意的態度，他們或者道聽途說，交換馬路消息，或者話有投機，倒談出了人生的興味！王士禎進一步揣想，作者應是厭倦現實人間的話語，反而喜歡聆聽超現實世界裡的鬼狐唱詩。由此，我們看到了《聊齋誌異》閒話人生百態，話題不一而足的特徵，也讀到了蒲松齡對於幻奇世界的追求。

蒲松齡是明清之際的文人，十九歲開始參加科舉考試，曾在縣、府、道三試中名列榜首，成為秀才。可惜少年得志並未保證未來試運亨通，在近三十年的歲月，蒲氏飽嘗鄉試屢試屢敗的挫折，直到七十二歲才援例成為貢生，實際上只求得一個候補的虛銜，並在四年後過世，享年七十六歲。可見蒲松齡一生對於功名的追求，是從志得意滿到終究落空的過程，而這個理想的落空也在他生命中留下不可抹滅的痕跡。

然而，上天終究是慈悲的。正當蒲松齡意氣風發，為科考努力奮進之時，他對世態人情的觀察，以及創作小說的能力，已在秀才考試中略見端倪。大約從二十五歲開始，蒲松齡便提筆創作志怪小說，在庚戌（一六七〇年）南遊期間，曾寫下「新聞總入鬼狐史，鬥酒難消塊磊愁」的詩句，已將旅次間聽來的新鮮事一一寫入鬼狐史，同時也意識到小說創作終究無法彌補科考失利、求報家國無門的遺憾。雖有友人規勸蒲氏創作小說將妨礙科考仕進，但蒲松齡從未放棄自己真正的興趣，反而慢慢走出一條康莊大道。在〈聊齋自誌〉中作者便提及：「才非干寶，雅愛搜神；情類黃州（按：指和蘇東坡一樣不得志），喜人談鬼。聞則命筆，遂以成編。久之，四方同人，又以郵筒相寄，因而物以好聚，所積益夥。」可知《聊齋》內容除有蒲氏個人的耳聞目見而下筆成文，更有四方同人郵寄而來的鄉野奇談，使得小說篇幅與內容不斷積累增多，至康熙十八年（一六七九年）完成初稿，當時蒲松齡已四十歲。書成之年，蒲氏也到王村西鋪畢家坐館，開始私塾教師的生活，直到七十歲。同時，此書也經歷近三十年不斷刪修增補，真正成為蒲氏一生心血精華的「孤憤之書」。

《聊齋誌異》是一部文言短篇小說集，堪稱中國古典文言小說的經典之作。全書共十六卷，收有四百九十多篇小說，不僅蒐羅歷代的神話故事與傳聞軼事，同時也有蒲氏與四方同人共同匯集的民間傳說。因此，小說型態兼具兩種風格，一是「志怪」式的筆記小說體，為文簡潔明快；二是「傳奇小說」體，已有人物的刻畫，與長篇完整的情節鋪陳。蒲松齡尤其為這些歷來的神話傳說，賦予豐富的想像力與世道人情的關懷，使神怪傳說不再荒誕不經，花妖狐魅可視若平常，和易可親，再點染上細緻華麗的辭藻與井然發展的情節，轉使這些神仙狐鬼精魅傳聞，頓時活靈活現，展現眼前；也讓天上地下之畸人異行，得以走入人間。因此，這個蒲松齡筆下，由人、鬼、狐、仙、怪所共同組成的異想世界，除了能託寓作者現世的孤憤之情，同時也邀請讀者進入人界與他界共生並存的有情世界。

《聊齋誌異》簡稱《聊齋》，俗名為《鬼狐傳》，雖說書中出現頻率最高的是鬼狐故事與愛情篇章，但在此書中仍收有許多充滿幻奇想像與童真趣味的故事，比起世界童話或奇幻小說可說毫不遜色。在木馬文化這次白話重譯與選編的，主要收錄有以下幾種類型：

一、批判科考制度

《聊齋》本為作者的「孤憤之書」，蒲松齡一生科考不順遂，最能體會科舉制度對讀書人帶來的桎梏。在〈賈奉雉〉中，賈生才華出眾，文章寫得極好，卻始終考不上科考，活像蒲松齡一生的寫照。直到遇見郎秀才，提醒他「天下事若陳義過高，總是很難如願；若能順隨流俗，反而容易。」後來得到郎秀才相助，賈生從落榜的卷子中隨意拼湊的文章反而高中榜首！可說諷刺至極。經過幾番人事試煉，賈生終能體會繁華富貴恍如一夢的道理。

二、揭露官場弊端

除了科考制度，作者對於當時的官場弊端也多有揭露。在〈羅剎海市〉中，俊美的馬驥來到羅剎海市，反被認做妖怪，直到醉後將自己的臉抹黑，扮起張飛，才讓官員們驚艷，並慫恿馬驥以張飛扮相前往宰相處謀求高官厚祿。馬驥問道：「怎麼能夠用一副假面孔來謀求榮華富貴呢？」簡單一句直言，卻道盡作者對官僚體系的批判，在官場中有多少人就是用一副假面孔來謀求榮華富貴？而且愈是抹黑扮醜，愈能得到上位者的重用與喜愛；唯有仔細閱讀，才能從表面上反常而滑稽的劇情，讀到作者真正要反諷、批判的社會現實。而在名篇〈促織〉中，眾官員為了滿足皇帝愛看鬥蟋蟀的嗜好，於是下令索求奇貨，並將責任推諉給木訥的成名，成名在歷經拷打、幾乎喪子等磨難後，最後因進貢一隻勇猛的小蟋蟀而獲得獎勵，並享富貴榮華。等進一步追究，這蟋蟀卻是成名的小兒精魂所化，藉此正看出統治階層如何將歡樂建立在百姓的痛苦上，作者的批判立見。另在〈鳥語〉中，也藉由道士聽得懂鳥語，揭露某縣官因貪婪而最後丟官的下場。

三、體現世情百態

在選編本中，描繪世情百態的故事也佔有極大篇幅，可約略細分如下：

(一)人狐間的互動交往

在〈狐嫁女〉中，殷尚書從狐狸娶親的夜宴中暗藏的金杯，竟然是官宦世家所遺！作者表面上標榜狐狸千里借物的能力，但論及「狐狸們還是不敢將贓物永久據為己有」時，已暗藏對人事的批判！在〈雨錢〉中，某秀才巧遇狐仙，兩人本來相談甚歡，來往一段時日後，秀才竟向老狐仙求財，使得老狐仙認清書生真面目，並且揚長而去。另有〈姬生〉描寫書生個性耿介，秉著對外祖父的孝順，一心想要引導狐精修行，使牠修成正果，得道成仙。

㈡求仙訪道

〈勞山道士〉中王姓書生因為崇仰道家法術，於是前往勞山求道，後因不堪磨練吃苦，只圖學會「穿牆」奇巧來自炫自耀，到頭來只能以「碰壁」做終；在〈安期島〉中，劉中堂雖然想到神仙島探索自己的命運，但即使神仙贈他冰冽的天上玉液，或是朝鮮國王贈他寶物，他都因機緣尚未成熟，而當面錯過，可知求神仙事無法勉強！另在〈齊天大聖〉，許盛從不信民間信仰——齊天大聖，到自己兄弟陷入生命危險，才有機會親炙大聖，並得大聖襄助而獲得大利益。由此也可看出神佛之慈悲為懷，不計前嫌。

㈢戀物成癡

此編選有三篇戀物成癡之人，皆是精彩長篇。〈鴿異〉中的張幼量著迷於養鴿，在一次巧妙的機緣，認識一位白衣少年，正由白鴿所化，並自少年處再得一雙白鴿；〈黃英〉中馬子才愛菊成癡，於是招來菊花精姊弟與他朝夕共處，陶姓少年不僅為他種滿各式菊花，也透過賣花為他累積財富、蓋建屋舍，姊姊黃英更成為他的繼室；在〈石清虛〉中，邢雲飛是個石頭迷，偶然在河邊捕獲一顆奇石，便與奇石建立起一段奇緣，不僅主人願為奇石折損三年歲數，奇石有情，亦能幻化人身，前來安慰主人，更願替主人崩裂碎身，展現「士為知己者死」的風度。物主之間有情有義，共同經歷了三大劫難，確實讓人嘖嘖稱奇！文中所謂：「天下的寶物，本該歸屬於真正愛惜它的人。」這些愛物成癡的書生們，正體現出這樣物我相契的精神風貌。

四、提示因果教化

從小說中，我們也可讀到作者提示佛家的果報觀，用以勸懲世道人心，以達教化之功。在〈西湖主〉中，陳弼教因救了豬婆龍，日後得到洞庭湖君的妃子報恩，得到美妻、長生與榮華富貴；〈水莽草〉中的祝生雖受水莽草之毒害，卻不願墮入尋找替死鬼的循環中，不僅孝心侍母，又能秉持正義，搶救無辜，終能積善得福，獲得玉皇大帝的嘉賞，與妻子三娘一起前往天界任職；〈八大王〉中的馮公藉由為鱉（即八大王）放生，竟得到八大王報恩，不僅獲得財富，也娶回仰慕的三公主為妾，可說福祿雙收；〈二商〉中的二商雖貧窮，但一生謹守兄弟倫理，即使兄嫂待他不仁不義，但每遇危難，總是挺身襄助，不離不棄，最終感動大哥魂魄，而得後福。

五、記錄傳聞軼事

在《聊齋誌異》中，約有三分之一的篇幅仍採用筆記小說的形式，這些短文以記錄傳聞軼事為主，也大致保留傳說的樣貌。如〈小官人〉、〈小獵犬〉都出現了微化的迷你世界，小官人前來送禮，再把禮物占為己有，完全表現出「小人」的行徑；小獵犬則留在中堂大人身邊，忠心溫馴，努力為主除害。另有〈蛇人〉、〈狼三則〉則類似《伊索寓言》中動物寓言的表現。〈蛇人〉寫人與蛇、蛇與蛇之間的戀戀多情，難以割捨；〈狼三則〉則寫屠夫被狼追趕，最後狼反被屠夫殺死的故事，讓我們產生到底是狼狡猾，還是屠夫殘忍的疑問？而〈畫馬〉中從畫中奔逸出逃的飛馬，與〈疲龍〉中不斷從天摔落的巨龍，無不讓讀者拍案而驚奇；〈偷桃〉則以第一人稱敘說一場精彩的魔術表演，驚駭過後，終究帶來了圓滿的收場。

凡此種種，不論長篇或短篇、現實或超現實、寓寄或想像，只要我們打破物我成見，暫且放下考據求真的嚴肅，以「姑妄言之姑聽之」的態度來輕鬆欣賞，相信蒲松齡筆下的幻奇世界定能帶給讀者們愉悅而新奇的閱讀感受。

（本文作者為臺大中文系助理教授）

編輯說明

從前從前，在一個小書齋裡……

王玉

蒲松齡四十出頭成書的《聊齋誌異》，在當時紅遍鄉里，遠近之人爭相借閱、傳抄，有淄川名人為序，連當時官運亨通的詩壇盟主王士禎也推崇備至。蒲松齡一生清貧，多半由於生在一個輕鬼才、重八股的環境之故。可慶幸的是，真正的「傑作」是不會寂寞的。

小書齋中的大世界

蒲松齡（1640-1715）

據說，當了大半輩子家教的蒲松齡，四十九歲時，終於擁有自家的小院子，蒲松齡為此滿足愉悅，在屋前屋後都種了他喜愛的竹子。五十八歲那年，他的「聊齋」也落成了，不過當時「聊齋」被戲稱為「面壁居」——這是蒲松齡根據兒子的提議命名的——因為這間屋子實在很狹小，只能夠放得進一張床、兩張凳子，所以一走進屋，就得面壁。

就在這間狹窄的面壁聊齋裡，蒲松齡寫出

畫師朱湘麟所繪蒲松齡畫像

有關於狐狸、蛇、蛙、蟹、鱉、獐、蟲、狼、鳥、龍、魚，牡丹、菊花、冬青、桔樹、荷花等寰宇間各式各樣物種變身的精怪故事。又帶領讀者登船航行至繽紛的「海市」，訪問（與現今的北韓朝鮮大異其趣的）朝鮮國「安期島」，到（跟現在的琉球顯然不太一樣的）琉球國去觀賞「疲龍」……小小聊齋中，蘊涵大世界，這就是作家的看家本領了。

《聊齋誌異》現存四百九十一篇，我們精選其中最富童話氣息的二十八篇來分享給讀者。關於《聊齋誌異》以及本書故事內容，在前面由專家執筆撰文的導讀內，已經為讀者做了一些精闢的分析。一直以來，《聊齋誌異》總與「中國的鬼怪故事」畫上等號。其實不然，這是一本內容極其複雜遼闊、豐富多彩的民俗幻想小說集，而裡頭也包含真正適合少年、兒童閱讀的童話及寓言。論及聊齋中具有童趣或教育意義的故事，當然絕非僅限我們選出的這些，礙於篇幅之限，對於其他許多未能選錄的好故事，只能暫抱遺珠之憾了。

《聊齋》的童話感

在《聊齋誌異》中的多數故事，均隱然潛具某種鏡花水月式的空觀思想，讀後常令人產生浮生若夢的唏噓感嘆。凡對《聊齋》背景略有涉獵的成年讀者，皆能輕易發現諸多故事中隱含的孤憤與嘲諷；然而同樣的故事對於兒童，卻可能讀出另一種截然不同的真摯情味。其實這部傑作，正是蒲松齡在最窮困潦倒的時期所撰，但撇開孤憤之情，毫無疑問，《聊齋誌異》的旨趣仍有其「閒適從容」的一面，而在此一面向中，作者本身具有「童話力」的特質，遂呈露無遺。這本《最詭奇的蒲松齡童話——浮生如夢》選集，我們所著重的擇取標準，就是這些故事是否擁有足夠的豐富性與童話感、能否為兒童（或具有童心的成人）欣賞和接受。

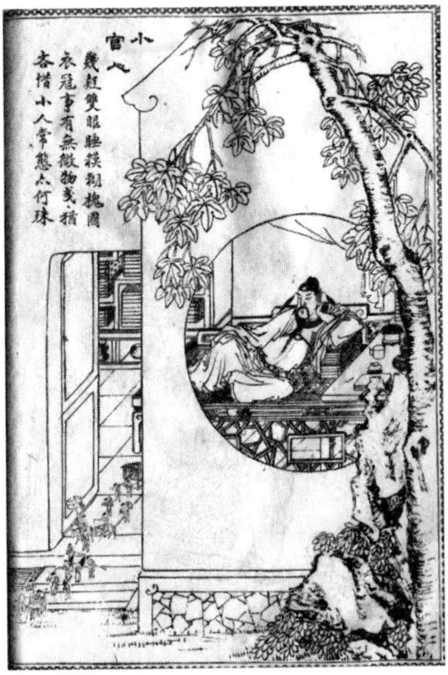

古善本中〈小官人〉的插圖

所謂童話，必須具備幾項特色：首先，它應當表現「童趣」，舉例來說，童話中的人物與一般小說中的人物不盡相同，可以是小動物（如〈促織〉）、花草植物（〈黃英〉），甚至是礦物（〈石清虛〉）或未明之物（〈小官人〉、〈小獵犬〉）等等，這些奇異的基本角色設定，往往已經為故事的趣味發展埋下了伏筆；其

《聊齋誌異》善本書影

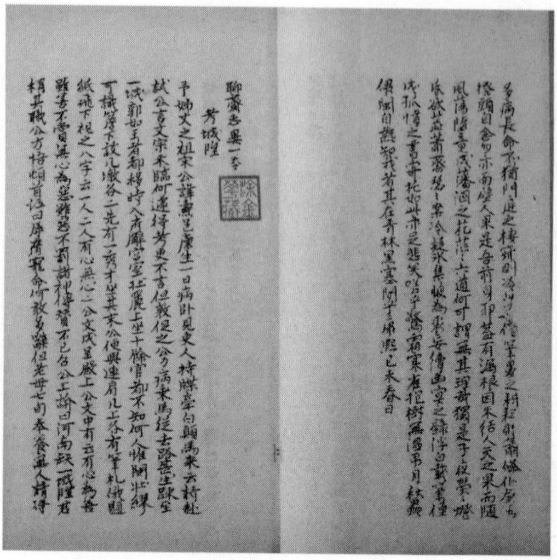
蒲松齡的手稿字跡

次是「想像力」，這是童話的中心要素，表現在故事情節以及所描述的環境上，經常獨具非現實的幻想性與誇張感，例如在〈西湖主〉這類故事中所描寫的綺麗仙境，便創造出一種童話專屬的詩意氛圍；最後則是「童話思維」，這與前面所說的童趣相通，指的是純真與人情味，好比本書所選的故事，主角們幾乎都具有單純和執著的情感（無論其執著的對象是何物種）——這樣一種跨越階級藩籬的「人情」與「物情」，乃至於「萬事萬物皆有情」的感情觀（如〈蛇人〉這個動人故事所描繪），恐怕唯具天真童心之人，才能夠深切體會吧。此外，本書也收錄許多具有童話寓言性質（如〈雨錢〉、〈狼三則〉）或讀之令人呵呵一笑的趣味幽默故事（〈勞山道士〉、〈齊天大聖〉、〈驅怪〉），等待讀者細細品賞。

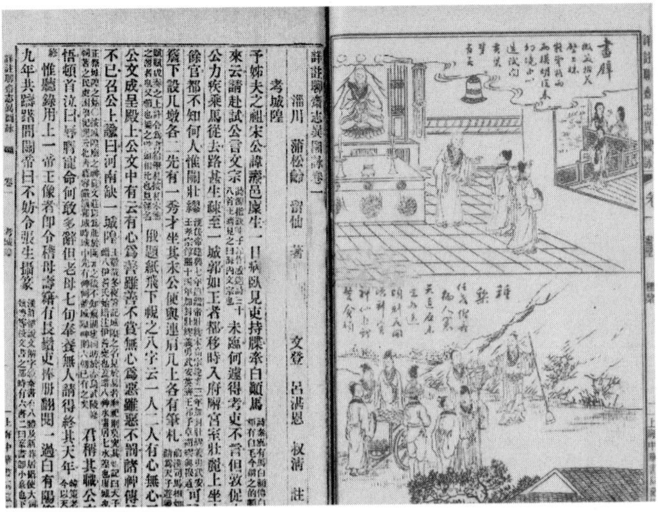

詳註聊齋志異圖詠卷一

淄川　蒲松齡　留仙　著　　文登　呂湛恩　叔清　註

考城隍

予姊夫之祖宋公諱燾邑廩生一日病臥見吏持牒牽白顛馬
來云請赴試公言文宗未臨何遽得考吏不言但敦促
公力疾乘馬從去路甚生疎至一城郭如王者都移時入府廨宮室壯麗上坐
十餘官都不知何人惟關壯繆
簷下設几墩各二先有一秀才坐其末公便與連肩几上各有筆札
俄題紙飛下視之八字云一人二人有心無心
公文成呈殿上公文中有云有心為善雖善不賞無心為惡雖惡不罰諸神傳
不已召公上諭曰河南缺一城隍　君稱其職公
悟頓首泣曰辱膺寵命何敢多辭但老母七旬奉養無人請得終其天年
惟聽錄用上一帝王像者即令稽母壽籍有長鬚吏捧冊翻閱一過白有陽
九年共躊躇間關帝曰不妨令張生攝篆

清代刊行的《聊齋誌異》內頁插圖

一顆披著中國儒服的童心

蒲松齡與髮妻劉孺人育有三男一女。孩子還小時，每當吃飯：「大男揮勺鳴鼎鐺，狼藉流飲聲棖棖。中男尚無力，攜盤覓箸相叫爭。小男始學步，翻盆倒盞如餓鷹。」只有女兒比較文靜：「弱女躑躅望顏色」（〈日中飯〉）。當時蒲松齡雖貧困到米缸見底，慚愧只能給孩子們喝稀粥，但仍饒有興致地欣賞孩子們飯桌上的吃相，頗能苦中作樂。從這一點，也可看出蒲松齡對家人的摯愛之情。

七十四歲那年，與他結褵五十六年、患難與共的妻子劉孺人病逝了，蒲松齡悵然若失，身體健康大受影響。兒孫們請畫家朱湘麟為蒲松齡繪了一幅畫像，畫中的蒲公穿著貢生的朝服，一手拈鬚，笑吟吟地恍若正對聽眾講故事。此畫現在掛在蒲松齡紀念館

紀念中國幻想文學大師蒲松齡的雕像

蒲松齡的故居

內。兩年後，倚在聊齋南窗、面對夕陽餘暉的蒲公，盍然長逝，享年七十六歲。

蒲松齡的《聊齋誌異》之所以膾炙人口，部分也是因為他涉獵廣博，善於運用民俗知識來豐富、深化作品形象之故。除了《聊齋誌異》和《聊齋俚曲》外，尚有其他通俗讀物著作如：《農桑經》、《藥崇書》、《曆字文》、《日用俗字》等。他雖曾耗費半生致力於世俗功名之道，及至發覺箇中未盡公平之處，遂遁身於鄉里，安然自在講學、創作，度過一生，是這樣可愛的一位中國文人典型。或許在幻想的國度神遊以後，他早已洞悉世間榮華不過如此？如同在〈寒月芙蕖〉中所言：「這些都是幻夢裡的空花罷了！不是真的。」

作者介紹

在幻夢與現實的縫隙之間——關於蒲松齡

吳雅蓉

蒲松齡（1640-1715），字留仙，一字劍臣，生於山東省淄川縣東七里的蒲家莊。那是個山水秀麗的村落，村子東隅，有一道泉水，溢成溪流，溪流旁植有成蔭的老柳，因為有柳、有泉，當地人便稱其為「柳泉」。蒲松齡甚愛此地之美，於是自號為「柳泉居士」。

蒲氏一族，為淄川世家，父親蒲槃，原本也想跟隨祖輩的腳步，致力於學問，希望有朝一日可以往仕途發展。但事與願違，即便他的知識廣博，卻始終無法考取功名，再加上家境日漸困窘，只好棄儒從商，當起了生意人。後來，竟也一度成為當地的富裕人家。

蒲松齡是蒲槃的第三個兒子。關於蒲松齡的誕生，有一則奇異的傳說：就在蒲槃的妻子董氏即將臨盆之際，蒲槃在睡夢中，看見一個病懨懨又瘦巴巴的老和尚走進屋來，老和尚赤裸上半身，乳前還貼了一片錢幣般大小的藥膏……蒲槃夢醒，便有人來稟報，董氏生了個男孩兒！那孩兒，便是蒲松齡。蒲槃隨即前往探看，竟發現男嬰的乳部，剛好也有個像膏藥貼一樣的墨色記號！

這則奇異傳說，摘自蒲松齡〈聊齋自誌〉，這是蒲松齡日後在瘦病困頓之時，回想起家人口耳傳述關於自己出生時的一段往事。蒲松齡個人，似乎也認為自己是那又病又瘦的老和尚的化身——莫非，幻夢與玄妙的生命氣質，早已是天意注定？回到現實世界。蒲松齡出生的那一年，正值明朝末年危急存亡之秋；在他五歲時，崇禎皇帝自縊於煤山，明朝亡；隨後清兵入京城，順治皇帝即位，中國，從此便進入另一個新的王朝。

在蒲松齡成長的年代，大環境正洶湧進行新舊交替的矛盾與重整，然而，家門之內，蒲槃對於孩子們的教育，卻是一刻也不敢懈怠。蒲松齡自幼隨父讀書，他聰穎勤奮，十九歲時便考中了秀才，得志的少年原本以為自此可以功名富貴、光耀門楣！可惜，之後的考試，卻屢屢失敗。不過，經年累月的名落孫山，卻也澆不熄他應考的心志，一次、又一次、再一次地赴試，換來的，就是一連串的榜外失意，一直到自己成了古稀之年的老翁，才被補上一個「貢生」的頭銜。

蒲松齡在很年輕的時候，兄弟們便分了家，不擅與人爭的他，最後只得到幾畝薄田。寒傖的家產，以及他著力拚搏於科舉之路，致使無暇顧全家計，當食指愈見浩繁，家裡的經濟便難以自給了。為此，他曾短期出任縣府的幕僚，之後，則多半是以教書維生，特別是他在官宦望族畢際有的家中教讀，深得畢家賞識，得到相對豐厚的報酬，讓蒲松齡的經濟重擔得以稍減，也更有餘裕可以讀書與寫作。就這樣，他在畢家待了三十個年頭，許多的著述，就是在這段時期完成的。

這是蒲松齡生命中的某一個剖面，其實，他就是一個典型的讀書人，致力於讀書、教書與寫作，同時，也是一個汲汲營營於科第、始終放不下功名追求的文儒。然而，他生命氣質中的那股幻夢玄妙，卻也在持續發酵……

蒲松齡於少年時代便熱中於記載奇聞異事，對於超現實的世界充滿濃厚的想像力；他喜愛浪遊，一有機會，便和偶遇的陌生人促膝長談，談神鬼故事，聊前世因緣，時時聽聞蒐羅，也逐日編寫狐鬼神妖的故事。在他四十歲的時候，初步結集既有篇章，定名為《聊齋誌異》，其後，仍執筆不輟，總計寫出了四百九十餘篇的故事。

《聊齋誌異》，是跨足在現實世界的超現實想像，鬼怪妖狐的現身，每每勾連著人情世故，而鬼怪妖狐所提煉出的「不真實」，卻也將讀者拉向一個置身事外的視角：可以輕鬆享受文字編織出的表面趣味，或者，更可冷眼抽看其中的世事迭變，甚至是人間道理。

一個始終無法忘情於功名的典型讀書人，一顆或許與生俱來就埋藏著幻夢玄妙的心靈。蒲松齡的聊齋故事，在醒與夢的縫隙之間，竄出一道奇美的光亮！

目錄

狐嫁女

山東歷城的殷尚書，年少時在貧寒清苦的環境長大，是個有膽識、有謀略的人。

當時，縣城裡，有某個世家大族的宅邸，面積廣達數十畝，裡頭的亭台樓閣連綿成片，不過，因為經常傳出一些怪異現象，所以偌大的宅院便廢棄了，沒有人願意居住在那兒。時間一久，宅院裡漸漸爬滿雜草，景象荒涼，即使是在大白天，也沒有人敢再接近一步。

有一次，殷先生和同窗朋友們一起喝酒，席間有人開玩笑說：「如果有人敢在那個大宅院裡睡上一晚的話，咱們大夥兒就一起出錢，好好請那個人大吃大喝一頓！」這時，殷先生拍著大腿，馬上跳起來，說道：「這有什麼難的！」

說完，他就隨手帶上一張席子，前往那大宅院。

朋友們陪殷先生來到宅院門口，戲弄著說：「我們會先在這裡等一會兒，如果你看見什麼妖魔鬼怪的話，趕緊叫一聲啊！」

殷先生笑著說：「如果真有什麼鬼怪妖狐，我一定會拿出一些證明的！」說完，大步走進那宅院。

院子裡，長長的莎草，雜亂紛紛，遮蔽了路徑，野草也在四處密密麻麻生長。此刻，正值月初，一彎細細的上弦月，散發朦朧昏黃的月光，隱隱約約之間，只能約略分辨出樓宇屋舍的門窗。殷先生摸索經過了幾處院落，來到位於宅院後方的一座樓閣，推開門，他登上那樓裡的露天平台，發現那兒清亮潔淨，舉目所見的景致，也讓人舒心喜悅，於是便在那觀月台上待了下來。

殷先生望望西邊的明月已沒入山後，只剩下沿著山脊稜線的一道餘暉。他在那兒坐了許久，並沒有什麼怪異的事情發生，心想，那些鬼怪傳言，如今看來還真是荒謬可笑。於是，他索性席地而坐，枕著地上的石塊，悠然欣賞天上的牛郎織女，看著看著，迷迷糊糊之間，開始有了一些睡意……

就在半夢半醒間，殷先生忽然聽到樓下傳來一連串的腳步聲，喧喧鬧鬧的，正往樓上移動！他覺得好奇，於是，假裝睡得很沉的樣子，然後，偷偷瞇著眼，觀看周遭的動靜。他看見一個婢女，挑著一盞蓮花燈上來，那婢女一見到樓上躺著一個人，便嚇得趕緊後退，對跟在她後面的人說道：「有個活人在樓上呢！」後面的人問說：「是誰啊？」婢女回答：「不認識。」

過了一會兒，有個老頭兒上來，走過來察看，他仔細盯著裝睡的殷先生瞧了瞧，對其他人說：「喔，這位是殷尚書，他睡得很沉，我們只管辦我們自己的事吧。殷大人的為人，向來瀟脫，不拘禮節，我想，他應該不會責怪我們的！」於是，其他人便紛紛上樓，將樓上的門全部打開了。

不久，進出的人愈來愈多，整個樓上燈火輝煌，明亮得像是白天一樣。殷先生稍稍翻身，不小心打了個噴嚏，老頭兒聽見殷先生醒了，便走向那觀月台，對殷先生跪拜，說道：「小的有個女兒，不巧今晚是她出嫁的日子，不好意思打擾了殷大人，希望您千萬不要怪罪啊！」

殷先生只好立即起身，一邊扶起那老頭兒，一邊說道：「快快請起！我不曉得今晚是貴府的大喜之日，沒有準備賀禮，我才覺得不好意思呢！」

老頭兒又說：「殷尚書大駕光臨，就足以壓制凶神惡煞了，這是我們的榮幸！如果可以麻煩大人您入席一坐，那更是讓小的全家倍感榮耀啊！」

殷先生欣然同意，隨著老頭兒走入樓內，只見裡面擺滿各式芬芳的香草鮮花，一切布置得相當精巧華麗。這時，有位年紀約莫四十歲左右的婦人出來拜見，老頭兒向殷先生介紹：「這是我的妻子。」

殷先生向婦人拱手回禮，三人正準備話家常，忽然間，一陣吵雜刺耳的笙管鼓樂響起，有人急忙奔上樓，回報：「來了！來了！」老頭兒立刻前往迎接，殷先生也陪同在旁。

不一會兒，一只只罩著絹紗的竹燈慢慢聚集，引領新郎進來了。新郎的年紀大約十七、八歲，風姿清逸，相貌也非常俊美。老頭兒讓新郎先給殷先生行禮。這位少年郎恭謹地直視殷先生，向他行禮，殷先生就宛如是婚禮接待賓客的負責人一般，同新郎回禮。之後，新郎與老頭兒這對準翁婿互拜，行禮結束，大夥兒才陸續入席。

沒多久，一群年輕美麗的丫環侍女穿梭在宴席間，她們一個接一個送上香氣蒸騰的美酒佳餚、泛著溫潤清光的玉質碗盤、黃金般亮閃閃的酒器，將宴席映照得光彩奪目！

酒過數巡，老頭兒命令丫環去請小姐出來，丫環應聲前去。但是過了許久，還是不見小姐的身影。於是老頭兒只好起身離席，自己前去揭開幃幔，催促女兒。

片刻之後，數名婢女、僕婦走出來，團團簇擁新娘子。玉飾配環隨著新娘款款移步而叮噹作響；夜晚靜謐的氣息裡，濃郁飄散著蘭麝芳香。老頭兒對女兒示意，要她仰天敬拜，新娘也遵循父親的指示去做。行禮完畢，新娘便在她母親身旁坐下。此時，殷先生悄悄看了新娘一眼，只見這位女子髮間插翡翠鳳釵，耳際戴明珠耳墜，容貌嬌媚豔麗，堪稱風華絕代。

隨後，眾人改以金杯來盛酒暢飲，這金杯的容量頗大，可以盛上好幾斗的酒水。殷先生暗想，他曾經答應過同窗好友們，如果遇到了鬼怪妖狐，一定會拿出一些證明，而眼前這金杯，不正好可以做為今夜奇遇的證據嗎？於是，他偷偷將金杯藏進衣袖裡，然後，假裝自己喝醉了，全身癱軟，趴在桌子上，還刻意大聲打鼾。周圍的賓客看到殷先生這副模樣，彼此笑道：「殷相公醉了！」

又過一會兒，聽聞新郎說要離開，一陣笙管鼓樂聲猛然響起，賓客們在音樂聲中也都紛紛起身，三三兩兩下樓散去。等到賓客都走光之後，主人開始收拾起酒具，但收著收著，卻發現少了一只金杯，不管再怎麼仔細翻找，就是找不到！這時，有人小聲議論說，那只遺失的金杯，可能就在酒醉的那位殷尚書手裡……老頭兒一聽見這樣的議論，急忙告誡說話的人：「千萬不可說這樣的話！」深怕殷尚書會聽見這樣的揣測。

漸漸的一切恢復平靜，裡裡外外全沒有聲響。這時，殷先生緩緩起身，四周盡是漆黑，一丁點兒燈光都沒有，只留下空氣中還未散去的脂粉香味和濃烈酒氣，溢滿整個屋內。走出觀月台，發現東方天空已微微發白，天就要亮了，他從容下樓，伸手探進衣袖裡，那只金杯還在。

殷先生來到宅院大門，他的那群同窗學友們擔心他不信守承諾，會趁大半夜裡溜出來，到了早上再偷偷進去，便一大早在門口守著。現在大夥兒看見殷先生從容自若出現在門口，又從衣袖裡掏出那只金杯，每個人都驚訝不已，紛紛問起事情的經過。殷先生一五一十將夜裡的經歷說了一遍，好友們則反覆檢視那只貴重的金杯，都認為它絕對不是像殷先生這樣貧寒的讀書人所能擁有的，於是，便相信了殷先生所說的話。

幾年之後，殷先生考取進士，被指派到山東肥城這個地方任職。當地，有個姓朱的官宦世家宴請了殷先生。席間賓主相談甚歡、酒酣耳熱之際，主人命僕人去取家傳的大酒杯來。但等了許久，也不見僕人取來——只見一個小書僮慌慌張張走來，在主人耳邊說了一陣子悄悄話，主人眉頭一皺，略略透露出一些怒色。

不一會兒，僕人們端上盛滿美酒的金杯，主人舉起這金杯向殷先生敬酒。殷先生拿起金杯，仔細端詳，發現這金杯的款式以及上面的雕刻圖樣，剛好和幾年前在那座破落的大宅院裡留下的那只金杯一模一樣。他大為驚奇，便請教朱姓主人：「這金杯是在哪裡製造的？」

朱姓主人回答說：「我這樣的金杯，共有八只，是先父當年在京城做官的時候，特別聘請良工巧匠監製的。這是我們家傳的貴重之物，已經珍藏許久，這次，是因為殷大人大駕光臨的緣故，我才特別命人從竹箱裡取出。但是，方才聽僕人說，這竹箱裡只剩下七只金杯了。我懷疑是家裡有人偷去一只！不過，教人納悶的是，這些金杯都被包裹得很密實，而包裹上也層層附著這十數年來的塵埃，和最初包裝時的原樣幾乎是相同的，一點兒也沒被動過，這……這實在是讓人想不透啊！」

殷先生笑著說道：「您那只金杯看來是飛天成仙了！然而，世代相傳的珍寶是不能丟失的，我恰好也有一只金杯，和您丟失的非常近似，我就將那只金杯贈送給您吧！」

飲宴結束之後，殷先生回到官署，隨即找出那只金杯，差人火速送往朱家。

朱姓主人拿著那只金杯，反覆審視查看，感到極為詫異。他親自前往官署拜訪，感謝殷先生的贈與，同時他也表示非常好奇這只金杯的來歷。於是，殷先生便將過去發生在大宅院裡的那段奇遇說給朱姓主人聽，這才知道即便是千里之外的物品，狐精們也能夠輕易取得。只是，終究連狐精們也還是不敢將贓物隨便留在自己手裡，永久據為己有吧。

羅剎海市

馬驥，字龍媒，是商人的兒子。他長得非常俊美，年少時，就顯露出豪爽灑脫的個性，喜歡歌唱、跳舞。他經常和戲曲演員們混在一起。有時，他也會學台上的舞者，將彩色錦緞綁在頭上，扮相美麗得就像天上仙女一樣！因此，他也有了「俊人」這樣的雅號。

十四歲那年，他進入學府讀書時，已小有名氣。馬驥的父親，年老體衰，已經不能再做買賣，平時就在家中休養。有一天，他對馬驥說：「讀那些書，餓了也不能當飯吃，冷了也不能做衣服穿！你應當要接替我的事業，走經商的路！」於是，馬驥慢慢學起做生意的本事。

某次他跟著別人渡海到外地經商，途中，船隻被颶風吹偏航道，一行人在海上漂流了好幾天，好不容易，終於看到一座城市。

那城市裡的人，個個都長得奇醜無比。但他們一看到馬驥，卻以為是妖怪來了，紛紛驚聲尖叫急忙逃開！馬驥剛看到他們的醜陋相貌，心裡也是萬分恐懼，但是，等到他發現人們更害怕自己，他就利用這樣的優勢，反過來去欺負當地人：看到有人在吃吃喝喝，他就衝過去；那些人被嚇得火速逃跑，他也就可以安心坐下來，吃他們沒吃完的東西。

馬驥在這座城裡自如行走，不知走了多久，最後來到一個山間小村。

那些村民的外形長相，有些看起來很像中國人，只是，他們穿的衣服都很破爛，像乞丐一樣。馬驥在樹下休息，那些村民都不敢靠近，只是遠遠望著他。等到時間一久，他們知道馬驥不會吃人，才敢漸漸向他走近。馬驥笑著和他們說話，即便語言不通，還是可以猜得到一半的意思，於是，馬驥向大家介紹自己的來歷。村民們很高興，一傳十、十傳百地轉告鄰里親友：這位客人，不是吃人的妖怪啦！

然而，一些長相奇醜的人，總是來看看幾眼就走了，始終不敢太靠近馬驥；而那些敢於靠近的人，他們的嘴巴、鼻子等五官比較正常，長得都與中國人很相像。他們一起擺出水酒來招待馬驥。

馬驥問他們，為什麼大家看到他，都那麼害怕。有人回答說：「我們曾經聽祖父說過，從這裡向西走兩萬六千里，有個叫『中國』的地方，那裡的人，都長得奇形怪狀的。我們以為那都只是傳聞，但是，現在看到你，才知道這些說法，都是真的！」

馬驥再問，這裡的人為什麼都那麼貧窮？又有人回答說：「我們國家重視的，不是文采才華，而是長相。長得最俊俏漂亮的，能夠成為上卿；容貌稍微差一點兒的，就當地方官；再差一些的，也還是能夠得到貴族們的寵愛，可以藉此求到一些熟食美味來養活全家大小。但是，像我們這樣醜的人，一出生，父母認為我們不吉祥，往往直接扔掉；捨不得扔掉的，也都只是希望能再傳宗接代罷了！」

「你們的國家叫什麼名字？」

「大羅剎國。我們的京城在北方，距離這裡約有三十里。」

於是，馬驥請求他們做嚮導，帶他到京城去遊覽一番。

第二天一大早，才剛聽到雞啼，就有村民來找馬驥，要帶他去遊歷。直到天大亮，一夥人才抵達京城。

京城的城牆，是用黑石砌成的，顏色就像墨一樣黑；樓閣有百尺那麼高，只是，上頭沒有瓦片，而是覆蓋紅石。他撿了一塊碎石來搓磨一下指甲，結果指甲變得像朱砂那樣紅。

這時，剛好遇上退朝，高官們紛紛從宮裡出來。村民嚮導指著其中的一個人，說：「那人就是相國！」馬驥朝村民手指的方向望去，看見那位相國的長相：啊呀，他的兩隻耳朵向後張開，鼻子有三個孔，睫毛長得像一張簾子那樣，覆蓋在眼睛上。

接著，從宮裡又出來了幾名騎著馬的官員。村民說：「那是大夫！」並依照官員們走出的順序，一一向馬驥說明每個人的官職。那些人都長得面目猙獰怪異，不過官職愈低的，容貌醜陋的程度就愈輕微。

不久，馬驥要回村子裡去。一路上，行人看到他，個個都嚇得失聲狂叫、跌跌撞撞，就像是遇見怪物一樣。村民嚮導在旁不斷解釋，那些人才稍稍鎮定下來，站在老遠的地方觀察他們。

等村民嚮導帶馬驥回到村子之後，這國內無論是大人還是小孩，都知道村子裡來了一個怪人。於是，一些官員仕紳和地方上有名望的人，都很想要開開眼界，見一見他，就命村民代為邀請馬驥。然而，當馬驥依約來到他們的家門口，看門的人總是將大門給關上；而裡頭的人，不論男女，都只是從門縫偷看，叨叨絮絮，不知道在議論什麼。

就這樣，馬驥走了一整天，都沒有一家敢開門讓他進去。

村民對他說：「我知道這裡有位做過執戟郎（註：官銜名稱）的人，過去曾經為我們的先王出使國外。他閱人無數，見多識廣，或許，他不會害怕見你。」

馬驤來到這位郎官家。執戟郎果然非常欣喜，向馬驤拱手行禮，待為上賓。執戟官的容貌，看來像是八、九十歲的人，他兩眼突出，鬢髮鬍鬚粗硬捲曲，像是刺蝟一般。他說：「我年輕的時候，曾經奉國王的命令，出使到國外許多次，只是，我從來沒有去過中國。如今，我已經一百二十多歲了，還能夠看到中國人，這可不能不去稟報國王啊！然而，我去職多年，大概有十幾年不曾到宮廷去，明天一早，我就為你跑一趟吧！」說完，隨即命人準備酒筵，恭敬招待這位遠道而來的客人。

酒過數巡之後，主人喚出十幾位歌女舞妓，輪番表演歌舞，讓客人欣賞。那些女子大多長得像是凶惡的母夜叉，每個人的頭上都綁著白色絲綢，紅色舞衣的長裙擺拖曳在地。馬驤一點兒也聽不懂她們在唱些什麼，只覺得音樂的腔調與節拍非常離奇古怪。但是，瞧瞧那主人的神情，似乎是非常陶醉在這些歌舞之中呢。

主人問馬驤：「在中國，也有像這樣的歌舞嗎？」

馬驤回答：「有的。」

於是，主人要求他試唱幾句。

馬驤輕輕敲打桌面，做為節拍，為主人唱一小段。主人聽了很開心，說道：「啊！真是非比尋常哪！像是鳳鳴龍嘯之聲，這是我之前從來沒有聽過的！」

隔天，執戟官上朝，向國王推薦了馬驤。國王很高興，就下令召見。此時，有二、三位大臣提醒國王說，馬驤的長相非常怪異，恐怕國王見了之後會受到驚嚇。國王聽大臣們這麼一說，便決定不召見了。執戟官走出宮殿，將結果告訴馬驤，也很為他感到惋惜。

馬驤在執戟官的家中住了許久。有一次，他和主人一同飲酒時喝醉了，醉了之後，就拔劍起舞，又拿起煤渣來塗自己的臉，弄得整張臉黑漆漆的，像是戲劇裡那個花臉張飛！

主人認為這樣的扮相真美，對他說：「你如果以這樣的張飛扮相去會見宰相，宰相肯定會非常樂意任用你的。到時候，高官厚祿就不難到手了！」

馬驤回說：「嘻嘻！拿這副德行來娛樂玩耍還可以，怎麼能夠用一副假面孔來謀求榮華富貴呢？」經過主人一而再、再而三要求之後，馬驤才答應下來。

主人於是大擺宴席，邀請所有掌握重權的官員們前來飲酒，並要求馬驤先畫好花臉，在一旁等待指示。過不久，賓客們紛紛入席，主人便喚馬驤出來與諸位賓客見面。客人都吃驚叫道：「怪了怪了！為什麼你之前那麼醜，而現在卻又變得這樣俊美啊？」大家爭相和馬驤一起飲酒，彼此聊得非常開心。後來，馬驥一邊跳舞，一邊唱弋陽曲*，在座的賓客沒有不因此傾倒、佩服的。第二天，眾官員一齊上奏，共同向國王推薦馬驥。國王很高興，便派人召見他。

見面之後，國王詢問馬驥有關中國的治安措施，馬驥仔仔細細陳述了一番，深受國王的青睞嘉許，於是派人在皇宮外的小宮殿裡設宴，準備好好款待他。筵席間，酒興正濃，國王說：「聽說你很擅長雅樂，不知可否讓我也聽聽？」馬驥立即起身跳舞，也仿效之前在執戟官家中的那群歌女一般，用白色錦緞纏頭，唱出柔婉委靡的曲調。國王聽後，十分滿意暢快，當天就封他為下大夫。此後，也經常私下設宴招待他，對馬驥的寵愛，不同於一般人。

久而久之，各級官員們都發覺馬驥的面貌是假的——只要馬驥所到之處，總是看到有人在他的背後竊竊私語，那些人也都不願意再親近他。馬驥覺得自己被孤立了，而且總是坐立難安，於是，他向國王提出辭呈，但國王卻不允許；他又再次請求休假，國王給了他三個月的假期。

有了這三個月的假期，馬驥載著一車的金銀珠寶，回到了山村。村民們都跪地迎接他。馬驥將這些財寶分送給他的老朋友們，大家高興得歡聲雷動！

---

*即弋陽腔，是一種地方戲曲曲調，又稱高腔。

村民說：「我們這些人，只不過是最微不足道的市井小民，竟然還能得到大夫您的賞賜。明天，我們去海市，一定要挑選些難得的珍玩，來回報您的恩德！」

馬驥問道：「海市？那是什麼地方？」

「海市，就是海中集市，四面八方的人魚們會聚集在那裡，買賣珠寶財貨；四方十二國的人都會到那兒做買賣，而且，也會有許多神仙到那兒去遊玩。前往海市的途中，一路都是雲霞遮天，波濤洶湧。那些顯貴們因為重視他們自身的安全，不敢親自前往冒險，所以會將財物交給我們，讓我們代為購買一些奇珍異品。現在，距離海市的日期已經不遠了。」

馬驥又問，如何知道海市的日期？

「只要看到海上有朱鳥往返飛翔，再過七日，就有海市了。」

馬驥再詳問趕海市的日子，他想和村民們一同前去。但是，村民們都規勸他，要珍重自己的安全，不要去冒這個險。馬驥回道：「我本來就是個航海的人，怎麼會害怕風浪呢！」

過不久，果然有人前來託付貨物，馬驥就同那些村民，一起將錢財搬上船。那船可以容納數十人，平板艙底，高聳欄杆，有十個人負責搖櫓。乘著浪濤，船行走得如飛箭一般快速。

走了三天，遠遠望見前方隱約出現了水雲相接、波濤盪漾的地方：那裡的樓閣亭台，層層疊疊，商船聚集得像是螞蟻群集一般。

過了一會兒，他們來到城下，看到城牆上的磚頭幾乎有一個人那麼高，而城牆上用來觀測敵人動靜的樓台，則高得如入雲霄。他們將船拴好，進了城，看見市集裡陳列出來的奇珍異寶，每樣東西都光亮耀眼，而且絕大多數是世間未曾見過的寶貝。

此時，一個年輕人騎著駿馬前來，市集裡的人群紛紛走避，說他是「東洋三世子」。

那世子從村民身邊經過，看到馬驥，便說：「這個人不是本地人。」隨即，幾名侍衛前來盤查馬驥的身分。馬驥向世子作揖行禮，站立在路旁，說明自己的國籍。世子聽了很歡喜，對他說：「承蒙您屈駕光臨，也算是我們緣分不淺！」說完，就送給他一匹馬，並且要求他騎上馬一同前行，走出了西門外。

才剛來到海島岸邊，馬驥所騎的馬突然嘶叫一聲，跳進海裡！馬驥驚慌失措，連忙高聲呼救。這時，卻看見海水瞬間往兩側分開，兩側海水高高聳起，猶如峭壁。不一會兒，他看見一座宮殿：以玳瑁花殼做為樑柱，以魴魚鱗片做為屋瓦，四面的牆壁晶亮通透，清澈如鏡且光耀奪目。一行人紛紛下馬，彼此拱手行禮，走進宮殿。一仰頭，便望見龍王正端坐於大堂之上。

世子向龍王稟奏：「臣今日遊歷市集時，遇見一位來自中國的賢士，特別帶他前來，引薦給大王！」馬驥隨即上前拜見龍王。

龍王說：「先生是位精通文學的才士，文采必然高於屈原和宋玉，想勞駕你親筆寫一篇〈海市〉賦，希望你不要吝於表現你的絕妙文辭！」

馬驥答應謹遵龍王的命令。於是，龍王命人送來用水晶雕刻的硯台，奉上一枝用龍鬣做成的毛筆；所用的紙光華似白雪，墨香也芬芳如幽蘭。馬驥隨手寫成了一千多字的文章，進獻給龍王。

龍王讀罷，拍案叫絕：「先生的才華出眾，為我們水國增添了許多光采！」因此，召集了各家龍的親族，群聚設宴於采霞宮。

酒菜上了幾回之後，龍王舉杯向馬驥說道：「本王的愛女，至今還沒有找到好的匹配對象，如今，我願意將她許配給先生，不知道先生有沒有這個意願？」

馬驥連忙起身回應，先是表明自己受之有愧，隨即又連聲恭謹地答應龍王的提議。明白了馬驥的意願，龍王便對身邊的臣子悄悄說了一些話。

過了一會兒，好幾名宮女扶著一位女郎出來。這時，環珮之聲叮噹作響，鼓樂聲同時齊鳴。馬驥與龍女拜堂之際，他凝視新娘，心想，這真是位絕色仙女！

龍女拜完堂，就先行離去了。

不久，酒宴散去。兩名丫環手裡提著彩繪燈籠，引領馬驥進入側宮。龍女濃妝豔抹，正坐著等待馬驥。珊瑚做成的床榻上，裝飾著八種珍寶；帳簾外緣的流蘇上，點綴著斗大的明珠；被褥鬆軟，沁著淡淡香氣……

天剛亮的時候，一些年輕貌美的小丫環，紛紛跑來，排排站滿兩側。馬驥一起床，隨即前去感謝龍王聖恩，而龍王則立即冊封馬驥為駙馬都尉。

龍王將馬驥所寫的〈海市〉賦迅速傳遍各海域，各海龍王也紛紛派特使前來祝賀，爭相送來請帖，想邀請駙馬前去赴宴。

馬驥穿上錦繡衣裳，駕著青龍，在儀杖隊的前呼後擁間出門。他身邊配有數十名武士，個個身騎駿馬，腰配雕花弓箭，肩上扛著白棒。一路上，光影燦爛，車馬壅塞，又有樂隊在馬上彈箏，在車裡吹笛。他們花了三天的時間，遊遍各個海域，而「龍媒」的名聲，也因此傳遍了四海。

在龍宮裡，有一棵玉樹，樹圍大小，約莫一個人可環抱。這棵玉樹的樹幹瑩潔清澈，有如雪白的琉璃，中心的部分是淡黃色的，比人的胳膊略細一些，樹葉則像翠綠色的碧玉，厚度大約和一枚銅錢差不多，樹蔭細細碎碎的，卻很濃密。馬驥和龍女經常在樹蔭底下吟詠高歌。

當玉樹開滿了花，那些花朵就像是梔子一般——每次，只要有一片花瓣掉落，就會發出鏗鏘響聲。拾起一看，好似以紅瑪瑙雕刻成的寶物，非常光亮可愛。

偶爾，會飛來一種奇異的鳥，在玉樹間鳴叫。那奇鳥的毛色金黃，間雜青綠色的羽毛，尾巴很長，身子很短，牠的鳴聲哀淒，聽了會引人憂傷。

每當馬驥聽到這種鳥兒的鳴聲，總會忍不住想念起故鄉來。他對龍女說：「我離家至今已經三年。這三年來，與父母親分離，每當想起這件事，就不禁淚灑胸前，汗濕脊背。不知道妳是否能跟我一起回家？」

龍女說道：「仙界與人間的道路隔絕，不能互相依附。但是，我也不忍心因為我倆的夫妻之愛而奪走你父母的膝下之歡。你給我些時間，讓我好好想想這件事該如何解決。」馬驥聽了之後，淚流不止。龍女也輕聲嘆息，說：「情勢如此，這是沒有辦法兩全其美的啊！」

第二天，馬驥從外面回來。龍王召他去，對他說：「本王聽說，都尉你想家了！明天一早，你就整理好行裝，這樣可以嗎？」

馬驥叩謝聖恩，說：「臣本是漂泊孤陋之人，承蒙大王您的厚愛與優待，您的恩情，我永生永世都會銘記在心，請容許我暫時回到故鄉探視、侍奉雙親，我必定會想辦法再回來團聚的。」

到了傍晚，龍女特別擺了酒席，與馬驥告別。馬驥想和龍女約定未來彼此再見的日期。但是，龍女卻說：「我想，我們之間的情緣已經結束了。」馬驥聽了龍女所言，大感悲痛。

龍女安慰馬驥說：「回家去奉養雙親，可見你的孝心。人生聚散，本就是如此，即便是百年的時間，也不過像一日的早晚那般，你又何必如此悲傷？今後，我會為你堅守貞節，而你也要為我珍重情誼。雖然身處兩地，但我們仍為一心，這才是所謂真正的夫妻啊！何必一定要朝朝暮暮相守在一起，才叫白頭偕老呢？君為妾義，如果違背這樣的盟誓，另結婚姻，將會有不祥的事發生。倘若你擔心沒有人可以幫忙料理飲食起居這類的雜事，可以養一名婢女就好。另外，還有一件事要和你商量：自從我們成親之後，我像已經有了身孕，所以，要勞煩你為我們的孩子取個名字。」

馬驥想了想，便說：「如果是女兒，就叫她『龍宮』；如果是兒子，就叫他『福海』吧。」龍女向馬驥索取一件東西以做為憑據，馬驥立即取出在羅剎國得到的一對赤玉蓮花，交給龍女。

龍女說：「三年之後的四月八日，請你一定要乘船到南島，我會將我們的孩子託付給你。」說完，龍女用魚皮做成行囊，在其中裝滿珠寶，交給馬驥，告訴他說：「好好珍藏這些珠寶，它可以供你無憂無慮生活好幾代的！」

天色剛放亮，龍王為馬驥餞行，贈送他許多東西。馬驥拜別龍王，離開宮殿。龍女乘著白羊拉的車，送馬驥來到海邊。馬驥上了岸，下了馬，龍女只對他說一句「珍重」，便調轉回頭，一會兒就走遠了。此時，海水隨之復合，只剩下茫茫一片。直到再也看不見她的姿影，馬驥才轉身離開。

自從馬驥渡海遠航之後，因為音訊全無，大家都以為他已經死了；等馬驥回到家，家人都感到十分驚訝。幸好，馬驥的父母都安好，只是馬驥的妻子早已改嫁。這時，他才領悟到龍女所囑咐的「君為妾義」的意思，原來，龍女早已預知他的妻子改嫁之事。馬驥的父親希望為他再娶個妻子，但是，被馬驥拒絕了，只答應收一名婢女。

馬驥牢牢記著和龍女的三年約定。時候一到，他便乘船來到南島。遠遠的，他看見有兩個孩子浮坐在水面上，正拍打水花，嬉笑玩耍；既不隨波流動，也不會沉下。等到更靠近一些，其中一個孩子笑著捉住馬驥的胳臂，跳進他的懷裡，另一個孩子則大聲啼哭，好像在埋怨馬驥不理他，於是馬驥也將這孩子拉上船。仔細看看這兩個孩子，原來是一男一女，都長得非常漂亮，他們頭戴小花帽，帽子上各配一件玉飾品，就是那赤玉蓮花。摸摸孩子的綢緞口袋，裡頭藏著一封信，信中寫道：

我想，公公婆婆都各自安好吧！三年的時間，就這樣匆匆過去了，你我紅塵永隔，即便只有盈盈一水的距離，但，就連青鳥使者也無法為我們傳遞訊息。我對你的思念，凝結成夢，總是伸長頸子企盼著你，久而久之，真讓人憂勞。面對茫茫的大海，那一片蔚藍遼闊，只是更增添我心內的哀傷！

回想起那奔月的嫦娥，經常獨自守在月宮裡；而那位紡紗的織女，則在銀河邊上悵恨。那麼，我是什麼人哪，而能夠永遠過著歡聚的日子？每每想到這裡，我就會破涕為笑……

和你離別兩個月後，我竟然生下了一對龍鳳胎。現在，他們已經能在懷裡啁啾學語了，還略略懂得說笑，更會要棗抓梨的，即便離開我這個母親，他們也能生活了。如今，我特意將他們託付給你，你送給我的那對赤玉蓮花，我將它們裝飾在兩個孩子的帽子上，以做為相認的憑據。當你抱起他們，讓他們坐在你的腿上時，你會感覺好像我也在你身邊。

知道你依舊履行我倆的誓約，讓我感到很欣慰。我這一生，絕對不嫁二夫，就是到死也不會有這樣的打算。在我匣子裡的珍品中，已經不再收藏香膏了，而鏡中的我的妝扮，也早就不施粉黛。你像是遠行的人，而我是那遊子的妻室，即便我們不能長相廝守，又怎麼能說我們不是夫妻呢？

只是，我想著，公公婆婆既然已經抱了孫兒孫女，卻沒能見見兒媳一面，揣度情理，這也算是個缺憾！一年之後，婆婆安葬之時，我必定會前去墓邊，盡一次兒媳的孝道。

此後，「龍宮」平安，必有相見的日子，而「福海」長壽，或許能有兩地往返之路。恭謹盼望夫君多自珍重！想說的太多，卻說不盡對你的一片深情。

馬驥反覆讀這封信，邊讀邊流淚。一兒一女摟著他的脖子說：「我們回家去吧！」馬驥聽兒女這麼一說，哭得更傷心了，他摸兒女的頭問：「孩子啊，你們知道家在哪裡嗎？」這時，孩子們也急了，不斷哭喊著要回家。

望著海水茫茫，與天連成一片，看不見妻子的身影，只見煙波無盡。馬驥抱著一雙兒女，惆悵地乘船返家了。

馬驥得知母親的壽命將盡，提早準備壽衣、棺木等等。在墓地旁邊，也事先栽植一百多棵的松樹與柏樹。

隔年，馬老太太果然去世了。載棺木的靈車剛剛拉到墓地時，出現了一名女子，披麻帶孝來到墓穴旁。在場的人都驚訝地看著那女子。忽然間，強風吹起，雷聲齊鳴，接著下起了暴雨，才一轉眼，那女子便消失了。

墓地旁，那些新種的松柏，有許多早已經枯死，然而在雨停之後，卻又全數復活！

福海稍稍長大一些，他經常思念母親。某天，他突然跳進海裡，過好幾天以後才回來。

龍宮呢，則因為是女孩子的關係，無法親自去探望母親，所以，她時常關起門來，暗自哭泣。

有一天，大白天裡竟然天昏地暗起來，此時，龍女出現，匆匆進屋，規勸女兒龍宮：「親愛的孩子啊！妳都是已經是快要成家的人了，還哭個什麼呢？」說完，送給她一棵八尺高的珊瑚樹、一帖龍腦香、一百顆明珠，以及一雙八寶嵌金盒，做為她的嫁妝。

這時，馬驥突然闖進屋裡來，拉住龍女的手，不停哭泣。過了一會兒，一陣急雷響起，擊破了屋頂，而龍女也隨之消失無蹤。

勞山道士

縣城裡，有個姓王的書生，在兄弟中排行第七，家世很不錯，是仕宦人家的後代。王生年輕的時候，非常崇仰道家法術，他聽說山東的勞山住著許多仙人，於是便背起書箱，前去遊歷。

他來到勞山，登上了山頂，看見那兒有一座道觀，四圍皆是茂林修竹，環境很清幽。道觀中有位道士，正盤腿坐在蒲團上打坐，雪白的頭髮披在肩上，神情看來十分脫俗、爽朗。

王生心生敬仰之情，趨前叩拜，並與那位道士交談起來。道士所講述的道理，玄妙深奧，讓王生傾慕不已，於是央求道士收他為徒弟。

道士說：「你是官宦人家的子弟，一向嬌弱懶散慣了，恐怕是吃不了這種苦的！」

王生回答：「您放心，我吃得了苦！」

那道士有許多弟子，傍晚，弟子們紛紛回來，王生便向他們一一行跪拜大禮，行禮之後，王生就留在道觀裡。

第二天早上，天才剛亮，師父便將王生叫去，給他一把斧頭，要他跟著其他弟子們一起上山砍柴。王生恭恭敬敬遵循師父的吩咐。

過了一個多月，王生的手上、腳底，都起了一層厚厚的老繭，他再也受不了這種苦，心裡暗自有想回家的念頭。

有天傍晚，王生砍完柴回去，看見有兩位客人，正和師父在房裡設筵飲酒。這時，天色已經暗了下來，燈火燭光卻還沒有亮起，只見師父拿起一張紙，剪出一個圓鏡般的形狀，將它黏貼在牆壁上。不一會兒，那面圓形紙鏡子，竟然變成一輪明月，映射清光，將整個房間照耀得滿室光亮，哪怕就連一根細微毫毛也能看得清清楚楚！

弟子們都圍繞在筵席旁，聽候師父的差遣。一位客人說道：「今晚的夜色是如此美好，大夥兒應該一同歡樂才是！」說完，拿起桌上的那壺酒，要在場的每個人分著喝，還囑咐大家一定要盡情暢飲，喝個痛快，不醉不歸。

王生心裡頗為質疑：這麼一小壺酒，怎麼可能讓七、八個人喝個夠呢？

弟子們各自找來杯、碗等容器，把酒盛得滿滿的，爭相乾杯，就怕酒壺裡的酒水被別人先給倒光。不過，說也奇怪，大夥兒這麼一遍又一遍斟滿酒，那酒壺裡的酒，卻似乎一點兒也沒有減少。這一點，讓王生大感驚奇。

又過了一會兒，另一位客人說道：「承蒙今晚月色如此清朗動人，然而總覺得還有些冷清，何不請嫦娥也到這兒來，與我們同樂呢？」於是，他拿起一根筷子，將它投進那月亮之中……

不久，那一輪明月裡，出現了一個美人兒，遠遠從月光裡走出來，剛開始還不滿一尺高，走著走著，一落到地面，就和一般人同樣高度了！她的腰肢纖細，頸項修長，舞步輕盈，婀娜窈窕地跳著唐代舞作「霓裳羽衣舞」。隨後，又悠悠吟唱：「輕柔地旋舞吧！旋舞回家鄉吧！卻獨留我在月裡的廣寒啊！」歌聲清澈激昂，一如簫管樂音的濃烈。

美人兒歌罷，整個身子盤旋飛起，躍上了桌面，眾人看得目瞪口呆之際，轉瞬間，她又變回原來的那根筷子……這時，師父和兩位客人便同聲開懷大笑起來。

客人又說：「今天晚上，真的太開心了！只是我的酒量小，已經不能再喝啦！不如，到廣寒宮去為我餞行吧！」

於是，師父和那兩位客人便移動筵席，慢慢進入月色之中。

弟子們望著他們三人在月亮裡飲酒談笑，鬚髮眉毛都可以看得十分清楚，就像是鏡子裡的影像一般。

一會兒，月光漸漸暗下，一個弟子點了蠟燭進來。燭光一照，只見屋內唯獨道士一人坐著，兩位客人早已不見蹤影！桌上，還殘留吃剩的菜餚、果核，再看看牆上的月亮，仍只不過是一張圓形如鏡的剪紙罷了。

道士問弟子們：「酒喝夠了嗎？」

弟子們回答：「夠了！」

道士說：「喝夠了就早點兒去睡吧！不要耽誤明天砍柴割草的活兒啊！」

弟子們齊聲答應之後，便紛紛退去。

王生經歷這麼一個神奇的夜晚之後，心裡極為歡喜，對於道士又有更深一層的傾慕，也就因此打消想要回家的念頭。

又過了一個月，王生還是忍受不了生活的勞苦，而且，道士至今都沒有傳授他一丁點兒的法術，他實在不願意再待下去了，便去向道士辭行。

王生埋怨說：「弟子我遠從數百里外的家鄉前來這裡，

向師父您修行學道，心裡總想著，縱然學不到長生不老之術，但是，若是能通曉一些小小法術，至少也還能安慰我遠道來學習的心；只不過來到這裡，已經有兩、三個月了，每天就是一大早出門砍柴，直到天黑才回來。我以前在家中，是沒有受過這些苦的！」

道士聽完，笑笑地回應：「我老早就說你是吃不了這種苦的，如今看來，果然如此。明天一早，你就離開吧！」

王生說：「弟子在這兒也勞動了許多日子，可否請師父傳授一點小法術給我？讓我可以不虛此行吧！」

道士問：「那麼，你想學些什麼？」

王生說：「每次我看到師父走路時，即便前面有牆，也阻擋不了您。請師父傳授我這個穿牆的法術，我也就心滿意足了！」

道士點頭微笑，答應了王生的請求，於是，就將口訣傳授給王生。

王生念完口訣之後，道士大聲喊道：「進去！」

但王生面對著牆壁，遲遲不敢前進。

道士又喊了一聲：「試試看，別怕，進去！」

王生果真不慌不忙放膽走過去，但是，一碰到牆壁之後，又被擋住了！

道士再次交待：「要低著頭往前衝過去，不能有任何遲疑！」

這次，王生退後了幾步，悶著頭往牆壁的方向衝了過去，快要撞上牆的時候，卻又覺得眼前什麼東西都沒有；回頭一看，發現自己已經在牆外了！

王生開心得不得了，連忙走進屋內，向道士拜謝。

道士囑咐說：「回家之後，你要修身養性，保持心地純潔，否則，這法術就不會靈驗了！」於是，道士給了王生一些路費，讓他回家去了。

才一到家，王生就不斷誇耀說自己遇到神仙了，連堅硬的牆壁都阻擋不了他！他的妻子不相信，於是，王生仿效之前的做法，離開牆壁好幾尺遠，然後，低著頭，迅速往那面牆衝過去……

結果，他的頭重重撞上那面牆，眼冒金星，猛然摔倒在地。妻子趕忙扶他起來，看見他的額頭上瞬間已腫起一個包，像個大雞蛋似的！

妻子在一旁，笑得眼淚都快流出來了。

而那王生，則是又羞愧、又惱火，一邊搓揉自己頭上的腫包，一邊大罵那道士真是沒有良心哪！

蛇人

東郡地方，有一位弄蛇人，平日養蛇、玩蛇，以表演人蛇之間的技藝為業。他曾經蓄養過兩條溫馴的青蛇，大的那條稱作「大青」，小的那條就叫「二青」。這兩條青蛇的額間，都恰有一個紅點，性情也顯得特別順從、有靈性，牠們與弄蛇人之間的默契絕佳，總是能夠依循主人的指揮，自在地上下盤旋。正因如此，弄蛇人對於大青、二青的關愛與照顧，自然是要遠勝過他所蓄養的其他蛇群。

一年後，大青死了，弄蛇人計畫再去找一條蛇來替補，但因為忙碌，遲遲未能有實際的行動。

某個夜裡，他寄宿於山間寺廟。天剛亮，弄蛇人打開那個方形的竹編蛇箱，卻發現，二青也不見了！他懊惱極了，連忙四處搜尋、大聲喊著二青的名字，依然不見牠的行蹤。

弄蛇人想起過去，只要一到林樹豐美、野草茂密的地方，他總是會將二青放出蛇箱，讓牠在大自然裡逍遙一番，等到舒展夠了，牠自己就會回來；這樣一想，弄蛇人只能指望二青自己回來了。於是，他枯坐在原地，希望能盼到二青的蹤影，等啊等啊，都等到日出三竿了，還是不見牠出現，弄蛇人沮喪透了，一臉惆悵準備離開那寺廟。

然而，就在踏出大門沒幾步時，弄蛇人忽然聽到紛雜的柴草蕪蔓之間，隱隱有窸窸窣窣的聲響。他停下腳步，回頭探看，驚訝地發現，二青回來了！弄蛇人如獲至寶般開心得不得了。

弄蛇人將肩上的擔子放下，置於路邊，二青也移動到那個位置，停佇在那兒。在牠後面，另外還跟著一條小蛇。

弄蛇人輕輕撫摸二青說：「我還以為你離開我了呢！後面那位小伙伴是你帶來的嗎？」一邊說，弄蛇人一邊拿出食物餵二青，同時也想餵餵那條小蛇。

小蛇雖然沒有離開，但卻畏縮著不敢吃東西。於是，二青便將食物含在嘴裡，回過頭去餵食那小蛇，就好像主人將食物端給客人似的。經過二青這樣的傳遞示意，弄蛇人再拿出食物餵小蛇時，小蛇才敢放心進食。吃完東西之後，小蛇就隨著二青，一同爬進那蛇箱裡去了。

弄蛇人開始訓練那條小蛇，小蛇的盤旋曲折姿態都很合於技藝表演的規矩；由於牠和二青沒有太大的不同，於是，弄蛇人便喚那小蛇為「小青」。他帶著小青四處表演獻藝，深受好評，也賺到了不少銀兩。

一般弄蛇之人用來表演的蛇，多半以二尺的長度為限；如果超過二尺，蛇身就會太重，表演時，顯得不夠靈活，這時，就必須要換一條新蛇了。然而，因為二青如此溫柔馴良，即使牠的身形已超過二尺，弄蛇人仍不忍心將牠拋棄。

時間又過了兩、三年，二青的身軀已經長到三尺多，蜷曲在蛇箱裡，老是將箱內的空間塞得滿滿的。此時，弄蛇人不得不做出決定：是該讓牠離開了！

有一天，弄蛇人來到山東邊境，他餵了二青一些可口的食物之後，向牠說了幾句祝福的話，便將牠放生於山林之間。但，二青走沒多久，卻還是折返，不斷盤旋於蛇箱外，捨不得離去。

弄蛇人揮揮手，對二青說：「去吧！世間沒有不散的筵席！從今以後，你就隱居在這深山大谷中吧。有朝一日，你必能成為神龍，這小小的蛇箱，如何能成為你的久留之地呢？」說完，二青這才離去。

弄蛇人目送二青離去。然而，才過一會兒，牠又回來了，弄蛇人怎麼也趕不走牠。只見二青用牠的頭不斷碰觸蛇箱，而蛇箱裡的小青，也扭動個不停。

弄蛇人頓時恍然大悟說：「你是要跟小青道別嗎？」

於是，他打開蛇箱，小青迅速竄出，和二青頭碰頭，雙雙吐舌，好像是臨行前絮絮不休的道別。然後，兩條蛇就這麼蜿蜒離去。弄蛇人以為小青也跟著走了，應該是不會回來，但過了一會兒，小青便獨自歸來，自行爬進蛇箱蜷伏。

自從二青離開之後，弄蛇人時時刻刻都在留意想要再找到一條好蛇，可是，卻始終沒能找到中意的。慢慢的，小青也愈長愈大，已經不能再表演了。

後來，弄蛇人終於找到一條新蛇，雖然牠也頗為溫馴，但終究還是無法與小青媲美。而此時的小青，身形已粗如孩童的手臂。

二青被放生於山林間時，有不少樵夫都曾遇見過牠。又過了好幾年，二青的身子已有數尺長，形軀粗得有如碗口一般大小；牠開始會追行經山間之人，於是，商旅們紛紛彼此告誡、提醒，都不敢再經過那段山路。

有一天，弄蛇人剛好行經那段山路，一條巨蛇像暴風似的突然竄出來。弄蛇人嚇個半死，死命拔腿狂奔，但那蛇追得更緊；弄蛇人焦急回頭張望，眼看要被追上了，突然他發現那蛇的額間，有一個清清楚楚的紅點。當下他意會到：那蛇就是二青！弄蛇人立刻拋下擔子，大聲叫道：「二青！二青！」

那條蛇瞬間定住不動，慢慢昂起頭來，對弄蛇人凝視許久，然後，以蛇身纏繞弄蛇人，就像過去表演時那樣。弄蛇人察覺到二青並沒有惡意，只是牠的身軀太重，自己實在無法負荷牠如此這般的纏繞。他跪倒在地，用力呼求，二青這才放開弄蛇人。

隨後，二青又以牠的頭去碰觸蛇箱，弄蛇人明白牠的意思後，便打開蛇箱，將小青放出。兩條蛇再次相見，彼此如膠似漆緊緊交纏，過了許久才分開。

於是，弄蛇人對小青說道：「我很久之前就打算和你告別，現在，你有同伴了！」接著，又對二青說：「小青原本就是你帶來的，現在，你可以把牠帶走。再叮嚀你一句：這深山裡，並不欠缺食物，千萬不要再騷擾行人，以免遭受上天的處分！」

兩條蛇低垂著頭，彷彿深深領受弄蛇人的勸告。之後，牠們便驅動起身子，二青在前，小青在後，離開了弄蛇人。二蛇行經之處，草木紛紛向兩側傾倒。弄蛇人站在原地，癡癡望著二蛇遠去，直到看不見牠們的蹤影才離開。

此後，商旅行人們便能自在行走於那段山路，再也沒有人見過蛇的行蹤。

小官人

從前，有位專職於史事與天文曆法的太史官員，曾經在他自己的書齋裡，經歷過一場謎樣般難解的境遇。至於那官員的名字，已經沒有人記得了。

某日下午，他躺臥在書房裡，正打算閉目養神，忽然看到從書齋的角落處，走出一行列的小小儀仗隊伍。那些隨從和衛兵們所騎的馬，像青蛙一般大小，而他們那一行列的小人兒，每個人的身形，都比我們的手指頭還纖細。

這儀仗隊伍愈見龐大，從屋角處不斷湧出，約莫有數十支隊伍。壯盛的陣仗，簇擁著一位官員。那官員頭戴烏紗帽，身披錦繡長袍，乘著轎子，被那陣容堅強的盛大隊伍給護送出門。

太史公大為驚異，心中暗自揣想，應該是自己睡眼昏花，產生幻覺吧？

正當他這麼安慰自己，眼前忽然又走來一個小人兒，手裡抱著一只用毛氈編織而成的袋子（那袋子就像拳頭般脹鼓鼓的）。小人兒捧著那袋子走到太史公的床邊，向他稟報道：「我的主人準備了一份微薄的禮物，囑咐我來進獻給您。」說完之後，小人兒卻只是靜靜地站在原處，並沒有將禮物獻給太史公。

過了一會兒，小人兒又陪著笑臉，哈腰說道：「這麼點不值錢的東西，我想，對太史公您來說，應該也沒什麼用處，不如大人您就賞賜給小的我吧！」

太史公聽了，點頭同意。於是，小人兒就開心地捧

著那毛氈袋子離開。之後，便再也不見其蹤影。

很可惜的是，那時太史公心中頗感畏懼，未曾進一步去探究那群小人兒的底細。所以當日為何會有那般景況？至今仍舊是一個難解的謎團啊。

小獵犬

山西有位姓衛的中堂大人，當他還是秀才的時候，因為不喜歡繁雜擾攘的生活，所以，就暫時遷徙到寺院裡居住。

寺院裡，雖然清幽僻靜，但是房間裡卻有許多臭蟲、蚊蠅、跳蚤之類的蟲子，經常騷擾得他整夜無法入睡。

有一天，他剛吃過飯，正想躺在床上稍稍休息一會兒，忽然，從房間外頭走進一名小小武士！他的頭上插著漂亮的雉雞羽毛，身高約莫兩寸，騎著一匹小馬兒；細細的胳臂上，穿戴一個青色臂套，臂套上，還蹲踞了一隻蒼蠅般大小的老鷹。只見那小武士在房間裡不斷奔馳、四處盤旋。

當衛中堂正目不轉睛盯著小武士，突然間，又衝進了另一個小人兒，他身上的裝束和剛剛那名小武士一樣，只是腰間插著小小的弓箭，還牽了一隻大蟻般的小獵犬。

又過了一會兒，數百名小步兵、小騎兵全湧入房間。還有，數百隻的老鷹、小獵犬，也都隨著小武士們衝了進來！這時，房間裡的蚊蠅紛紛飛起，小武士們見狀，將臂上的老鷹放出，讓鷹群們奔騰搏擊，將那些蚊蠅全數撲殺殆盡！

而那些小獵犬們，有的跳上床榻，有的沿牆壁邊緣，仔細搜出臭蟲、跳蚤，並將牠們一一吃掉。所有躲藏在隙縫之間的蝨子跳蚤，就這樣，統統被嗅覺靈敏的小獵犬給揪出，才一下子的工夫，全部清除乾淨了。

衛中堂假裝睡覺，卻瞇起眼睛，偷偷觀察眼前這一切景象，看那群老鷹、獵犬們不斷在他的身旁穿梭、跳躍。

緊接著，一個身穿黃色衣服，頭戴天子禮冠的人——看來應該是這群小武士的領導者——登上一旁較矮的床榻，將他的馬繫在榻上的席

子之間。

所有的小武士們都下了馬，他們有的獻上蚊、蠅，有的獻上蝨、蚤，一群人團團圍著黃衣人，不知道他們在說些什麼。沒過多久，那位王者登上一輛小車，護衛們也跟著匆匆忙忙騎上馬。萬千馬蹄奔騰，紛紛雜雜如撒豆聲響，那群壯盛的小武士們，如煙似霧一般，才那麼一瞬間，就全數散盡了。

衛中堂將這一切看得清清楚楚，他既驚駭又詫異，完全不知道這到底是怎麼一回事！他趕忙穿上鞋子，偷偷向外窺看。房間外頭，一切平靜如昔，沒有任何異狀，回過頭來，他又四方察看房間內的狀況，也沒有看到什麼，只有在壁磚上，遺留一隻小獵犬。

衛中堂急忙捉住牠。這隻小獵犬很溫馴，他將牠安置在硯台的匣子裡，反覆觀看、撫玩。小獵犬身上的毛，非常非常柔細，像初生的嫩草一般，牠的脖子上，掛著一個小環。餵牠飯粒，牠總是聞一聞就跑開了，反而喜歡跳到床榻上，或是在衣縫間去找尋蝨蟲，飽餐一頓之後，自己回到硯台匣子裡，乖乖趴著休息。

過了一夜，衛中堂心想，那隻小獵犬應該已經離開了吧？他朝硯台匣子裡一看，小獵犬仍蹺曲趴在那裡呢。

每每衛中堂躺在床上，那隻小獵犬就會跳上床席，偵察是否有臭蟲跳蚤之類的蟲子，只要有所發現，牠就會將那些蟲子統統吃掉，而其他的蚊子、蒼蠅，也都不敢停留在床榻上。因此，衛中堂非常喜愛、寶貝這隻小獵犬；他寶愛牠的心情，甚至比愛珍貴的璧玉還要更多。

有一天，衛中堂睡午覺時，小獵犬偷偷跳上床，趴在他的身旁。當衛中堂醒來，他翻了個身，將牠給壓在腰底下。這時，中堂大人感覺腰間好像壓到什麼東西，心頭一震，懷疑自己壓到了小獵犬，連忙起身察看——發現小獵犬已經被壓扁，扁平得就像是一張薄薄的剪紙一樣！

不過，從此之後，床榻處、牆壁間，再也沒有那些會咬人的害蟲出現了。

促織

明宣宗宣德年間，宮廷裡盛行「鬥蟋蟀」這樣的遊戲，因此，朝廷年年下詔，向老百姓徵收許多蟋蟀。

蟋蟀，並不是西部地方的特產，然而，陝西華陰縣的縣令為了討好他的長官，特別進獻一隻蟋蟀。上頭的人用這隻蟋蟀去角鬥一番，發現牠非常善鬥，長官們頗為滿意，下令華陰縣此後必須經常進獻蟋蟀。

縣令收到這樣的指令，便嚴格要求縣內各鄉里的鄉長和里長們，要好好、確實地執行這項命令。命令一經公告，眾人皆知。不少遊手好閒的年輕人，捉到好的蟋蟀，就將牠們養在籠子裡，提高價錢，當成是珍貴的貨品來出售。鄉里間，有些狡猾貪婪的差官，假借徵收蟋蟀的名義，向老百姓們斂財，每每為了呈獻一隻蟋蟀，總會有好幾戶人家因此傾家蕩產。

縣城裡，有個叫成名的讀書人，一直都在準備秀才考試，但讀了好幾年書，卻沒考上。他為人憨厚樸實，於是，縣裡有些詭詐的差官，故意推舉他做鄉長。成名想盡辦法，卻無法擺脫這件苦差事，於是不到一年，就把自己原本微薄的家產全給賠光了！

這會兒，又到了要徵收蟋蟀的時候。成名為人老實，不敢向鄉民徵收催繳，可是，自己又沒錢沒貨可以貼補給上級。就這樣，他煩燥焦慮得快要活不下去。

他的妻子說：「就是死了，也解決不了問題啊！還不如你自己去捉蟋蟀，說不定，運氣好，還能捉到那麼一隻呢！」

成名覺得妻子的話很有道理。之後，他每天早出晚歸，自己提著竹筒、銅絲籠，跑到斷牆邊、雜草叢裡，仔仔細細撥開石頭、掘開土洞尋找。但是，所有地方都找遍了，任何法子也用盡了，就是一點兒收穫也沒有。即便好不容易找到三、兩隻蟋蟀，也都是瘦瘦小小的，完全不符合繳交的條件。

縣令催繳得非常急迫，對成名下了最後通牒。期限過十多天，他還是繳不出來，於是被帶進縣衙裡，咬牙忍受一百大板的苦刑。他的屁股、大腿，被打得紅腫潰爛，鮮血淋漓，只能躺在床上，無法捉蟋蟀了。

成名癱在床上，翻來覆去，左思右想。除了自殺之外，他已經想不出別的解脫辦法！

這時，村子裡來了一個駝背巫師，說是能代人求神問卦。於是成名的妻子就準備些銀兩，前去請求神靈的指點。

到了那兒，她看到滿屋子老老少少的婦人，前胸靠後背，擠得水洩不通。好不容易擠進去，發現裡頭還有一間密室，入口處，垂掛著門簾，簾外擺設香案。要問事的人，就先點燃香，插進香爐，然後，心意虔誠不斷膜拜，巫師則站在一旁，代為禱告。只見巫師的雙眼，若有所感望向空中，兩唇一開一合、念念有詞，卻沒有人聽得懂他在說什麼。那些求神問事的人只是恭敬站立一旁，專注傾聽。過一會兒，門簾內丟出一張紙片，上頭絲毫不差寫著問卜之人心裡想知道的事。

輪到成名妻子，她先將香錢放在桌上，然後燃香、行禮，動作和規矩就像之前的人所做的那樣。等了大約一頓飯的時間，門簾動了，一張紙片飄然而出，她接起一看，上面並沒有字，而是一幅畫：畫面中央，是一座殿堂樓閣，看起來像是佛寺；後面有座小山，小山下方，有一堆奇形怪狀的石頭，其間長著一叢一叢針尖般的荊棘，荊棘下方，躲著一隻「青麻頭」蟋蟀；旁邊，還有一隻蛤蟆，好像正要跳起來的樣子……成名妻子無法理解這張畫到底是什麼意思，不過，看到蟋蟀，她覺得，巫師的確說中了她的心意，就將這張紙摺好，藏進衣袖裡，帶回家給丈夫看。

成名看著這張圖畫，反覆不斷琢磨，自言自語說，莫非這是在指示我蟋蟀的藏身之處？

於是，他更仔細觀察這圖畫裡的景致：那樓閣，和村東大佛閣倒十分相似。他想著想著，勉強從床上爬起來，拄了枴杖，帶著那張圖，前往大佛閣去。

成名來到大佛閣後方，見那裡有一座大古墓，沿古墓而走，發現滿堆的奇形怪石，就像畫裡的山石一般。他一腳踏進雜草叢中，靜靜側耳傾聽，慢步前進，睜大眼睛，彎下身子，像是在找一根遺落的針。然而，找著找著，眼睛發瘦，耳朵也麻了，精神更是耗費許多，還是什麼都沒有！

他再強打起精神，繼續尋找，突然間，一隻蛤蟆跳出來，把成名給嚇一跳，隨即追了過去。眼見那蛤蟆鑽進草叢間，成名跟上去，撥開那堆蓬草，發現有一隻蟋蟀躲藏在荊棘根處！他立刻上前捕捉，蟋蟀迅速逃開，鑽進石洞中。成名先是用草尖向洞裡輕輕撥攪，牠不出來，然後，他將竹筒裡的水灌進洞裡，好不容易才將那隻蟋蟀給逼出來。

那蟋蟀，長得十分俊美健壯。成名追了好一陣子，才總算捉到牠。細細觀察這隻蟋蟀，牠的個頭很大，尾巴修長，頸部是青綠色的，雙翅則呈金黃色，可以說是蟋蟀種類中的上品。

成名高興極了，小心翼翼將蟋蟀放進籠子裡，趕緊回家去。

一家人歡欣鼓舞，彼此慶賀，都以為即使是價值連城的玉璧也比不上牠。他將那隻上等蟋蟀養在盆子裡，給牠吃蟹肉、栗子黃，非常小心照顧，打算等縣令的期限一到，就將牠送去縣府交差。

成名有個九歲的兒子，趁父親外出，偷偷將蟋蟀的盆蓋打開來看。誰知那蟋蟀立即跳了出來！牠跳得好快，快到很難捕捉；男孩緊張得用力去捉，結果雖然捉到，可是因為用力太猛，把蟋蟀的肚子都給捏碎。沒過多久，蟋蟀就死了。

男孩害怕極了，哭著跑去告訴母親。母親聽了，瞬間臉色發白，大聲責罵兒子說：「你這個禍根啊，該死了你！等你父親回來，看他怎麼跟你算帳！」

男孩被母親這麼一說，感到更加驚恐，他抹著滿臉的淚水，跑了出去。

不久，成名回來，聽到妻子的轉述，嚇得整個背脊發涼，怒氣沖沖出去找兒子，但是找了好久，卻遍尋不著。這時，有人從井裡撈出他兒子的屍體！剎那間，他的滿腔憤怒轉成無盡悲傷。這實在是一件教人痛不欲生的事啊！

此時，成名夫妻倆只能淚眼相對，不吃不喝，默默無語，對於往後的日子，已經完全沒有任何期待。眼看天就要黑了，他們強打起精神，拿出一張草蓆來，打算將兒子裹好，帶去埋葬。沒想到，碰觸到兒子的身體時，卻發現他還有些微微的氣息，夫妻倆又驚又喜，連忙將兒子抱到床上。半夜裡，他竟然略醒過來。

夫妻二人雖然稍稍寬了心。但是，瞥見那蟋蟀籠裡空蕩蕩的，而兒子的氣息還很孱弱，意識不清。成名也無法再去追究孩子的過錯，只是睜著眼，從天黑躺到天亮，憂愁得始終無法入眠。

天亮了，成名僵臥在床上，依舊愁煩不已。這時，忽然聽到門外有蟲叫的聲音，他心頭一驚，從床上跳起來，衝出去一看：那隻蟋蟀似乎就在那裡！他又驚又喜，趨前捕捉，牠

卻吱地一聲，動作極其迅捷，一躍不見！成名趕緊用手掌去撲牠，感覺上像是撲著了，卻又覺得掌心裡是空的，鬆手一看，牠又猛地跳走了！他繼續追捕，繞過牆角，牠早已不知去向。成名疑惑地四處張看，最後發現，那隻蟋蟀正停在牆上！

仔細觀察那隻蟋蟀，只見牠個頭短小，呈暗紅色，根本不是之前看到的那一隻。成名看牠長得那樣小，認為牠是一隻劣等貨，就往別的地方尋找，希望可以找到剛剛看到的那隻蟋蟀。

這時，牆上的那隻小蟋蟀，突然跳到成名的衣袖上！他又詳細瞧了瞧這隻小蟲子，覺得牠像是一隻小螻蛄*，翅羽上有梅花的斑紋，方方的頭，長長的腿，看起來似乎也還可以，就歡喜地將牠裝進籠裡，打算進獻給縣府。

不過，他的心裡還是有些不安，深怕這蟲子不合長官的意思，於是，想讓牠和其他的蟋蟀鬥一鬥，測試看看這隻小蟋蟀的能力。

村子裡，有個喜歡鬥蟋蟀的年輕人，他養了一隻蟋蟀，將牠取名為「蟹殼青」。每天，他都讓蟹殼青和其他年輕人養的蟋蟀相鬥，每鬥必勝。這年輕人

---

*螻蛄是多種地棲性昆蟲的總稱，俗稱蠹蚍、蝲蛄，長約三公分，善掘地，生活在泥土中。

想靠這隻蟋蟀來換取暴利，所以，他將這隻蟋蟀的價錢抬得很高。不過，也一直沒有人來買。

年輕人聽說成名捉到一隻蟋蟀，便上門來找他。看到成名捉到的那隻蟋蟀又瘦又小，年輕人不屑地捂嘴偷笑，並將自己的蟋蟀拿出來，放進比賽的籠子。成名看了看，發現那蟹殼青的體格果然又大又壯，他覺得很難為情，因此，也不敢和那年輕人較量。

但年輕人堅持要鬥鬥看。成名拗不過他，心想，反正那隻小蟋蟀也就是一隻劣等貨，養著也沒有什麼大用處，不如就讓牠搏鬥一番，彼此開心一下也好。於是，成名就將那隻小蟋蟀也放進比賽的籠子裡。

剛開始，那隻小蟲伏在原處，一動也不動，呆蠢得像木雞似的。年輕人忍不住大笑，他試著用豬鬃撥一下小蟋蟀的觸鬚，牠還是不動。年輕人又嘻笑了一陣，不斷撥弄牠。突然之間，小蟋蟀勃然大怒，直接衝向蟹殼青！兩隻蟋蟀就這樣拚鬥起來，牠們翻騰跳躍，彼此互咬，翅羽振得叮咚作響！一會兒，小蟋蟀一躍而起，張開尾巴，伸長觸鬚，一口就咬住對方的頸子……

年輕人大驚失色，急急忙忙將牠們分開。這時，小蟋蟀翹起尾巴，得意地鳴叫，好像在向牠的主人報捷。

成名看到這樣的結果，興奮極了！正在賞玩之際，突然跑來一隻雞，直向那隻小蟋蟀啄去！成名一陣驚嚇，愣在原地大叫。幸好，雞沒有啄準，小蟋蟀跳開一尺遠；但那隻雞還是緊追不捨，眼看小蟋蟀即將要喪命於雞爪之下，成名倉皇不已，卻不知該如何搭救，只是在一旁急得不斷跺腳……

不過，轉眼間，成名卻看到那隻雞伸長頸子，搖搖擺擺、跌跌撞撞的；走近一點兒看，發現小蟋蟀不知何時跳上了雞冠，用力咬緊，不肯放鬆！成名更加驚喜於小蟋蟀的能力，小心翼翼捉起牠，將牠放回籠裡。

第二天，成名將小蟋蟀拿去進獻給縣官。縣官看到那蟲子這麼瘦小，勃然大怒，大聲痛斥成名。成名將小蟋蟀的威風表現向縣官敘述一遍，但是縣官不相信。於是，就讓牠與其他的蟋蟀相鬥一番，結果所有的蟋蟀都被牠打敗。隨後，大家又找來一隻雞，而小蟋蟀的表現，果然如同成名所說的一樣。

縣官給了成名一些賞賜，接著便將小蟋蟀獻給陝西巡撫。巡撫大人十分滿意，用金絲籠子來安置牠，將牠獻給皇上，並為此呈遞奏章，清楚陳述小蟋蟀的神奇本領。

小蟋蟀入宮之後，宮裡人將四海進獻的各種上等蟋蟀拿來和牠相鬥，果真沒有一隻能勝過牠！而且，每次聽到琴瑟的聲音，小蟋蟀就會依隨音樂的節拍跳舞，更是讓人嘖嘖稱奇！

皇上對此非常滿意，下令賞賜巡撫名馬、綢緞等珍品。當然，巡撫並沒有忘記縣官的功勞，沒過多久，他就以「賢能卓越」的理由，向皇上引薦縣官。縣官滿心歡喜，也免除了成名的差事，同時，也囑咐學使，讓成名到縣學裡去讀書。

過了一年多，成名的兒子突然恢復起精神。他對父親說，在精神恍惚的那段期間，他自己化身為蟋蟀，以迅捷善鬥的本領，百戰百勝，直到如今才甦醒過來。

巡撫大人也大大賞賜成名。不到幾年的工夫，成名家中，已經累積了百頃田地、樓閣萬間、牛羊數千，出門遠遊時總是氣派豪華，猶如官宦大家一般。

西湖主

有個讀書人陳弼教，字明允，是河北地方人。他的家境貧困，平時跟著副將軍賈綰，擔任他的書記。

某天，陳生和賈綰正將船停泊在洞庭湖岸邊，忽然有一隻豬婆龍*浮出水面，賈綰立刻抽出一把箭射去，刺中了牠的背。有條小魚緊緊啣著那隻龍的尾巴不放，所以，也一併被捉住了。豬婆龍被拴在船桅杆上，奄奄一息，嘴巴一開一合，似乎在懇求救援。

陳生看見那隻龍的神情，起了惻隱之心，覺得牠很可憐，於是，請求賈綰放

---

*豬婆龍即「鼉」，是四足爬蟲類，背尾披覆鱗甲。

了豬婆龍。同時，他還將隨身攜帶的金創藥敷在這隻動物受傷的地方，隨後將牠放入水中。只見牠浮浮沉沉一陣子，便消失無蹤。

過了一年多，陳生回到北方的老家，當他再次經過洞庭湖，突然遇上一場大風，打翻了整艘船！幸好，陳生隨手抓住一只竹箱子，在湖上漂泊一整夜，好不容易才勾住樹枝，停了下來。

陳生才剛爬上岸邊，湖面上遠遠漂來一具浮屍，仔細一看，原來是他的僮僕。他將僮僕用力拉上岸來，發現他早已溺斃多時。陳生哀痛無助，對著屍體，呆坐了好些時候。望向前方，只見小山緩緩起伏，蒼翠一片，細細的柳枝，在風中搖曳，眼前看不見任何人跡，也無法問路。就這樣，陳生從早晨一直呆坐到近午時分，心中非常茫然，不知道該如何是好，也不知道該往何處去。

這時，那死去的僮僕突然抖動一下身體。陳生驚喜不已，趕忙為他按摩四肢，希望可以讓他的身體暖和起來。沒過多久，僮僕嘔出好多水，過一會兒，就甦醒過來。兩人把溼透的衣服脫下，曬在石頭上，日正當中的時候，衣服便曬乾。然而，此時主僕兩人是飢腸轆轆，餓得不得了，只好硬撐著身體，翻越山嶺，快步疾走，希望能找到可以落腳、填飽肚子的村落。

才剛走到半山腰，主僕倆忽然聽到響箭聲。陳生覺得疑惑，正想再聽個仔細，便看見兩名女子騎著駿馬，奔馳而過。她們額頭上都綁著紅色絲巾，髮髻上則插著雉鳥的羽毛，身穿紫色的短袖衣衫，腰間束著翠綠色的錦帶；她們一個手持彈弓，另一個在胳膊上套著架鷹的青色皮套。

等到陳生和僮僕越過山頭，又看見數十個人騎著馬在密雜的叢林中打獵，青一色都是漂亮女子，她們的裝束打扮，和之前遇見的那兩名女子一樣。陳生猶豫不敢再往前走。此時，有個男子快步朝他的方向跑來，看他的打扮，像是個馬夫，於是，陳生便趨前向那人探詢打聽。

馬夫說：「這是西湖主正在首山打獵！」

陳生向馬夫講述主僕二人翻船迷路的經歷，又說他們好久沒吃東西，實在是餓得不得了。馬夫聽了陳生的遭遇，解開自己的包裹，取出一些乾糧給他們，同時，也囑咐陳生：「你們還是儘速離開這裡吧！要是犯了西湖主的駕，可是會被處死的！」

陳生聽馬夫這麼一說，很是害怕，急急忙忙下山去。

趕路的途中，陳生偶然望見一片茂密的樹林，樹蔭掩映處，隱隱約約好似有座樓閣。陳生以為那是寺院廟宇之類的地方，就朝那兒走去。

走近一看：粉白圍牆環繞樓宇，牆外，潺潺流著一條小溪；一扇漆著朱紅色的大門半開，有座石橋，直直通向那大門。陳生走過石橋，朝門縫裡張望一番，眼前的樓閣台榭，高聳入雲端，簡直就像帝王的花園一般，果然是富貴人家的庭園。陳生遲疑一會兒，還是決定走進去瞧瞧。

進了門，古老的藤蔓橫斜在眼前，空氣中瀰漫百花的香氣。沿著好幾道曲折蜿蜒的欄杆漫步，又進入另一處院子，那裡有數十株高大的垂枝楊柳輕拂著紅色屋簷。山間一聲鳥鳴，細細的花瓣紛紛驚起飄落，從庭院深處吹來的微風，讓榆樹小葉緩緩落下……此般美景，看得陳生賞心悅目，彷彿走進了天上仙境。

穿過一個小亭子，陳生看見一個鞦韆架，高入雲間。鞦韆索靜靜垂著，看不到任何人的形跡。陳生心裡懷疑這樣的地方，像是女子居住的處所，有所顧忌，不敢再往前走。這時，忽然聽到門外傳來馬蹄聲，其中，似乎也伴隨女子的談笑聲。陳生與僮僕連忙躲進花叢堆裡。

過不久，笑聲逐漸靠近。陳生聽見一名女子說：「今天打獵的運氣真不好，捕得的獵物實在太少了！」

另一名女子又說：「要不是公主射下那幾隻飛雁，今天所有的僕役、馬兒就白忙一場！」

隨後，幾名紅衣女子簇擁一位少女，到那座小亭子裡坐下。

少女身穿短袖戎裝，年紀約莫在十四、五歲上下，一頭烏亮秀髮，濃密如雲霧，腰肢纖細得似乎禁不起風吹，即便是玉蕊清梅也比不上她的天姿絕色。

那些紅衣女子們，有的獻上熱茶，有的忙著薰香，一群秀麗姿影，來來回回，美麗的衣裳也交織成燦爛的錦繡光影。

過一會兒，少女站起身來，走下石階。

隨侍的一名女子說：「公主，今日花了許多氣力打獵，現在還能打鞦韆嗎？」

公主微笑點頭。於是，紅衣女子們有的撐起公主的肩膀，有的攙住公主胳臂，有的幫忙撩起裙襬，有的提鞋，將公主扶上那座高入雲端的鞦韆。

公主伸開雪白的手臂，腳下一使力，整個人身輕如燕，盪進了雲霄處。

打完鞦韆，女子們小心扶著公主下來，都說：「公主真是天上仙子啊！」一群人便又簇擁著公主，離開了那兒。

陳生在一旁觀看許久，心神飛揚馳騁。直到那些女子們的笑語聲完全聽不見，他才從花叢堆裡出來，在鞦韆旁徘徊、沉思。這時，他瞥見在籬笆下，有一條紅色絲巾，陳生知道是方才那些紅衣女子們不小心遺落的，就高興拾起，藏入袖子裡。

他登上那座小亭子，看到亭間的石桌上擺著文房四寶，於是便再拿出那條紅色絲巾，在上頭題寫了一首詩：「雅戲何人擬半仙？分明瓊女散金蓮。廣寒隊裡應相妒，莫信淩波上九天。」寫完，他一邊吟詠詩句，一邊走下亭子。

他順著原路往回走去，卻發現一重一重的門紛紛上了鎖。陳生徬徨不知所措，來來回回，把這樓閣亭台全都走遍，還是找不到路可以出去。

一名女子款款走來，看到陳生，大驚失色問：「你是誰？怎麼會到這裡來？」

陳生恭敬地向女子行禮，說：「我是個迷路的人，請姑娘幫幫忙！」

女子又問道：「你在這兒有撿到一條紅色絲巾嗎？」

陳生回答：「有的。但是，被我弄髒了，怎麼辦呢？」說完，戰戰兢兢從袖裡取出那條紅巾。

女子看了，一臉驚慌道：「唉呀，你要死無葬身之地了！這可是公主常用的東西，被你塗成這樣，這要怎麼交待啊！」

聽女子這麼一說，陳生嚇得臉色發白，不斷哀求女子代為求情免罪。

她說：「你偷看宮裡的情形，已經是罪不可赦了！本想看在你是個文雅書生的份上，私底下幫幫你，指引你出去的道路。可是你看，你把公主的絲巾搞成這樣，這是你自己作了孽，我可是沒有辦法！」一說完，女子便倉皇拿著紅巾離開。

陳生此時心驚膽顫，恨自己身上怎麼不長翅膀，可以趕緊飛離這裡，現在就只有伸著脖子等死了。

過很久，剛剛那名女子又來了。她悄悄對陳生祝賀：「公子求生有望了！公主拿回那紅巾，前前後後看了三、四遍，面色坦然舒朗，一點兒也看不出生氣的樣子。我想，或許她會放你走。你就在這兒耐心等待，千萬不可以急著去爬樹跳牆的，要是被發現，絕對不饒恕你！」

天色慢慢暗下來，陳生還無法確定自己的吉凶禍福。此刻，肚子又餓得不得了，真是讓人憂悶極了！

一會兒，那女子挑著夜燈來了，旁邊還跟著一個丫環，提著飯盒酒壺，給陳生送吃的來。陳生連忙打探消息，女子說：「剛才，我找了個機會跟公主說：『花園裡的那個秀才，公主若能饒恕，就放了他吧；不然，他就快要餓死了！』公主沉思了一下，就說：『這麼晚了，放了他，他能去哪裡嗎？』所以，公主就讓我來給你送飯。目前這樣看來，情況倒還不壞！」

陳生徘徊思索了一整夜，還是覺得惶惶不安。等到第二天太陽升起，那女子又來送飯，陳生再次哀求她，希望能代為求情。女子說：「公主既不說殺，也不說放，我們這些做下人的，也不好再絮絮叨叨、多說些什麼呀！」

那天，陳生又在原地等到太陽下山，殷切盼望能有好消息。

這時，女子忽然氣喘吁吁跑來，嚷著：「不好了！不好了！也不知道是哪個多嘴的人將這件事洩露給王妃。王妃一攤開那紅色絲巾，看了幾眼，就扔到地上，大聲叱責題詩的人是個狂妄之徒。我看你真的是要大禍臨頭了！」

陳生驚惶不已，面如死灰，兩腿一癱，跪倒在地，向那女子求救。忽然間，一陣人聲喧嘩，女子慌張地搖手跑開。

陳生看見好幾個人手持繩索、氣勢洶洶往這兒衝過來。其中，有個丫環瞥見陳生，她靠近再仔細端詳一會兒，說道：「我以為是誰呢，原來是陳公子！」於是，她立即阻止那些拿繩索的人，交待他們：「你們先不要動手！等我前去向王妃稟告。」轉過身，她便急匆匆離開。

過了一會兒，丫環回來，她對陳生說：

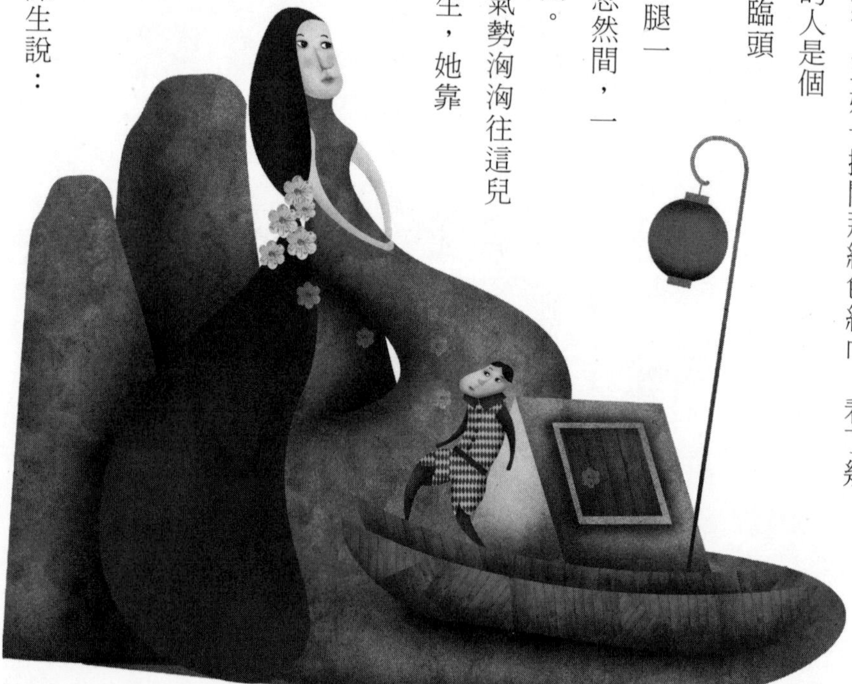

「王妃有請陳公子過去！」

陳生戒慎恐懼跟著丫環，經過數十重門廊，來到一座宮殿，宮門上垂著碧色簾子，上頭掛有白銀簾鉤。一位美麗女子即時掀開門簾，高聲稟報：「陳公子到！」

殿上，坐著一位尊貴美麗的女人，身穿炫目華麗的袍服。

陳生立刻曲膝跪拜，說道：「我是遠來的孤臣，懇請王妃饒命！」

王妃連忙起身，親自將他拉起，說：「我如果不是因為陳公子的緣故，就不會有今天。先前，是丫環們無知，冒犯了貴客，那才是不可饒恕，請陳公子不要見怪才好！」

接著王妃下令擺設豐盛筵席，並取出雕刻精美的酒杯供陳生飲酒。陳生茫然不解，完全無法弄清楚這到底是怎麼一回事。

王妃說：「陳公子當年的救命之恩，我經常懊悔不知該如何報答。如今，我的女兒承蒙您的題巾愛慕，這是天定的緣分，今天晚上，就讓她來侍奉你吧！」

陳生大感意外，恍惚之間，還是摸不著頭緒。

天色近晚，一個丫環前來向陳生稟報：「公主已梳妝完畢。」於是，領著陳生前往新房。這時，笙管樂聲響起，嘈嘈雜雜；殿裡的台階上，都鋪滿了花毯；門前堂上，甚至籬笆、茅廁這些地方，都掛滿燈籠。數十位嬌豔的女子，攙扶公主，與陳生行夫妻對拜之禮。蘭麝的香氣，濃濃瀰漫整個宮殿庭園。完禮之後，陳生與公主彼此扶持，進入新房。

陳生忍不住說：「我是個寄居在外地的人，以往也不知道該來這裡請安。我弄髒妳的紅巾子，如果能被赦免不死，就已經是萬幸了，如今，竟然還能被賜予這段姻緣，實在是讓我無法想像啊！」

公主知道陳生有許多困惑，便對他說明一切：「我的母親，是洞庭湖君的妃子，也是揚子江王的女兒。去年，她回娘家的時候，偶然前往江上遊玩，卻被弓箭射中。承蒙你的搭救，又賜了刀創藥，我們全家都感激在心，一刻也不敢忘記你的恩德。你不要因為我不是凡人而有顧慮，我跟著龍王，得到了長生的祕訣，願和夫君此生共享。」

陳生這才覺悟公主為神人，又問道：「那麼，那位丫環怎麼會認得我呢？」

公主說：「那日，湖中船上，曾有條小魚啣在龍尾，那小魚便是這個丫環！」

他又問：「公主既然不殺我，為什麼又遲遲不肯放我走呢？」

公主靦腆笑說：「人家實在是喜歡你的才華，但是，我又不能自己作主。輾轉難眠了整晚，這哪是別人能懂得的！」

陳生疼惜地說：「公主真是我一生的知音啊！那麼那位來送飯食的，又是誰呢？」

「她叫阿念，是我最貼心的丫環。」

「那麼，我該如何報答她呢？」

「她侍候你的日子還長呢，慢慢再報答她也不遲！」

「妳的父親龍王，現在在哪兒呢？」

「父親跟著關公去征討蚩尤了！」

在宮中住了幾天，陳生擔心家人得不到他的消息，會焦急掛念，便寫了一封報平安的家書，派自己的僮僕送回家去。

陳生的家人當時聽聞洞庭湖上船隻翻覆的消息，都以為陳生死了，他的妻子也已經披麻服喪一年多。等到僮僕回來，陳家人才知道陳生安然無恙；然而，因為與宮中的音訊隔絕，恐怕陳生終究還是無法返家。

半年後，陳生忽然回來了。他穿的衣服、騎的馬匹都非常華美，行李中，盡是滿滿的珍貴珠寶。此後，陳家成了擁有萬貫家財的富貴人家，生活所需、娛樂之事，極盡豪華，就連世家貴族都無法企及！

此後的七、八年裡，陳生生了五個兒子。家中日日設宴，招待賓客，房舍建築、飲食享樂，都非常豪華、豐盛！有人好奇問起陳生的經歷，陳生皆詳細說來，毫不隱瞞。

陳生有個從小一起長大的朋友，叫梁子俊，十幾年來，他都在南方做官。有一次，他返鄉的時候，經過洞庭湖，看見湖上有一艘裝飾華麗的船，船上欄杆有著精美的雕飾，朱紅色的船窗也點綴得分外華麗，還不時傳來悠揚的歌聲，緩緩飄盪在煙波之上。船上，經常可見美麗女子推開船窗，對外眺望。

梁子俊往船裡仔細張望，看見一名少年男子——他沒有戴帽子，盤腿坐在船上。身邊有個十五、六歲的美麗佳人，正為他按摩。梁子俊以為，那男子必是這一帶的大官，但是他身邊的隨從卻很少。再更詳細打量一番，他發現：船上那名男子，正是他的童年好友陳生。

看見昔日好友，梁子俊忘情倚著欄杆，大聲呼喊陳生的名字。陳生聽見呼叫聲，命人停船，並邀請梁子俊過船來。

上了陳生的船，梁子俊看到船上擺滿吃剩的酒菜，而且還瀰漫濃重的酒氣。陳生立刻命人將這些剩菜殘酒撤去。不一會兒，有三、五位美麗的丫環捧上美酒，沏上熱茶，還端出各式各樣的山珍海味，這些佳餚，都是梁子俊從未見過的。

梁子俊驚訝問道：「十年未見，陳兄怎麼富貴到這樣的程度！」

陳生笑著說：「梁兄是小看窮書生無法飛黃騰達嗎？」

「剛剛與你一塊兒飲酒的人是誰？」

「那是我的妻子。」

梁子俊更為訝異，接著問：「你要帶家眷到哪兒去呢？」

「往西方去。」一句話才剛說完，陳生立即命人奏樂、斟酒。當梁子俊還想再提問，周圍的樂聲如響雷般震耳欲聾響起，再也聽不到談話聲。

看見美人們站在眼前，梁子俊趁著酒意，對陳生說：「明允啊，你能送我一個美人，讓我心醉銷魂嗎？」

陳生笑著回應：「你醉了！不過，我倒是有一筆足夠買下美妾的錢財，可以送給你這位老朋友。」說完，便命令丫環送上一顆明珠，繼續說道：「這顆明珠，足夠讓你買到像綠珠*那樣的美妾，這也表明我不是個吝嗇的人喔。」說完，陳生向梁子俊告別：「我還有些緊急的事情要處理，實在是無法和老朋友久聚！」命人送梁子俊回到自己的船上。隨後，陳生的船解開纜繩，逕自離去。

梁子俊回家之後，特別前往陳生家裡探望。結果，卻發現陳生正和賓客們在廳堂裡飲酒談笑。

---

*綠珠，西晉大官石崇的寵妾，相傳石崇以三斛明珠為聘娶得。

他的心中非常驚異，便問道：「昨天，你還在洞庭湖，怎麼這麼快就回來了？」

陳生回說：「沒有啊，我昨天不在洞庭湖哪！」

梁子俊向陳生追述了昨日情景，在場的人都驚駭不已。

陳生笑著說：「是你弄錯了，沒有的事！難道我有分身術嗎？」

大夥兒覺得訝異不已，但始終搞不清這是什麼緣故。

最後，陳生以八十一歲的高齡去世。下葬時，人們都覺得這棺木實在太輕，於是，打開一看，竟發現裡頭空無一人，只是一具空棺而已。

雨錢

山東濱州這個地方，住著一位秀才。某天，他正在家中讀書，忽然聽到有人叩門，打開一看，是一位白髮蒼蒼的老先生。老先生的姿態樣貌樸樸實實的，而且，有一股說不出的、超越凡俗的氣質。

這位氣質非凡的老人家，被秀才迎了進來。奉上熱茶之後，兩人對坐，開啟了話匣子。

秀才先請教老先生的姓氏為何？該如何稱呼？而且，他也很好奇，老人家為什麼會來到這裡呢？

老先生啜了一口茶，慢悠悠吐露自己的身分：「我姓胡，名叫養真。事實上，我是個狐仙！因為傾慕您的文才和人品，所以來到這裡，希望可以和您交個朋友！」

聽到老人家原來是位狐仙，秀才雖然有些驚訝，但是因為他天性豁達，面對眼前這段奇異的經歷，也就不覺得有那麼怪誕了。於是，秀才與老狐仙開始談論起古今之事，各自述說自己的看法，兩人聊得非常愉快！

老狐仙的學識極為廣博，經史百家、詩詞章句，沒有不通曉的；說起話來，滔滔不絕，辭藻華美，又不時引經據典，論及的內容，旨意深遠，經常出乎秀才的意料之外。能結識如此忘年之交，秀才滿心佩服與歡喜，因此，他留老狐仙在家中暫居好一段時日。

有一天，秀才私下向老狐仙做了這樣的請求：「這些日子以來，您老人家對我真是厚愛有加！但是，您看看我現在的生活，寒酸又貧窮，我想，既然您是個有神異本事的仙人，應該只要輕鬆地大手一揮，就能得到源源不絕的財富。您怎麼就不能在金錢這方面幫幫我呢？」

老狐仙聽了秀才的這番請求，先是低著頭，默然不語，看起來似乎是不願意答應。但是，過了一會兒，他卻又笑著說：「這件事，對我而言，太容易了！不過，我得先要有十幾個錢幣，將它們做為母錢，才能變出更多的財富來。」

秀才心中大喜，隨即遵循指示，向老狐仙奉上十幾枚錢幣。

於是，老狐仙帶秀才來到一間密室。在密室裡，只見那老人一跛一跛踩著八卦步，口中喃喃念出一段咒語。不一會兒，幾百萬枚的錢幣，竟然從屋樑上落了下來！鏘鏘的聲響，像是眼前正下著一場滂沱大雨——一場氣勢懾人的「錢」雨！

轉眼之間，那些錢幣淹沒了秀才和老狐仙的膝蓋。他們費力地拔出腳來，往錢堆上一站。但是，沒過多久，那些不停落下的雨錢，又淹沒他們的腳踝……最後，這間大密室裡，錢幣堆積得有三、四尺那麼高！

這時，老狐仙回過頭去問秀才說：「這樣，你滿意了嗎？」

秀才說：「夠了，夠了！」

老狐仙朝空中揮一揮手，雨錢就瞬間停止。兩人關好門窗，離開那間密室。秀才心中暗自歡喜，以為發了橫財，從今以後，可以享受富豪般的生活。

過了一些時候，秀才又來到這間密室，想拿些錢來用用。沒想到，一進門卻發現，滿屋子的錢幣，統統消失了——只剩下最初的那十幾枚母錢，稀稀落落散在地上。

這樣的結果，讓秀才失望透頂！他覺得自己被那個老狐狸給耍了，於是怒氣沖沖跑去找老狐仙理論。

那老人家也動了肝火，生氣地說：「我本來只想以文會友，和你切磋知識學問，沒想到，你竟然要我幫你做這種不正當的賊勾當。如果你想要發橫財的話，那就去找樑上君子吧！我這個老頭兒是不會順你的意思做的。」

說完，老狐仙甩一甩衣袖，氣呼呼離開了。從此，再也看不見他的蹤影。

驅怪

山東的長山縣，有個讀書人叫徐遠公，他是明朝的秀才。明朝滅亡之後，他放棄了經世濟民的儒士志向，一心追求神仙道術。經過許多時日的累積與鍛鍊，慢慢的，他通曉一些驅逐鬼怪的符咒法術，這樣特殊奇異的才能，也讓他的名聲漸漸傳開來。

有一天，住在某個縣城的一位權貴大老，派人送了封信給徐遠公，信上寫滿懇切真摯的文辭，要邀請徐遠公前往大老家中一聚。那僕人不只帶來這封邀請信箋，同時，也奉上一袋錢幣，並備妥好馬，要即刻接他前去赴宴。

徐遠公面對這樣突如其來的邀約，心中頗感疑惑，便詢問那位僕人：「您家主人召我前去的用意，到底是為了什麼？」

僕人推辭說不知道，只是恭謹地躬身回答：「我家主人交代，讓小的務必要請到徐先生您大駕光臨！」

於是，徐遠公便隨這名僕人前往赴約。

到了那位大老的宅邸裡，只見老主人早已在庭院裡設置好筵席。有佳餚，有美酒，對於徐遠公的招待，更是禮數周到，恭敬得不得了。然而，老主人卻始終都沒有透露設宴的原因。

終於，徐遠公按捺不住心中的困惑，對老主人說：「不知道您召我前來的原因究竟為何？可否請您直說，也好解解我心中的疑惑！」

但是，老主人依舊顧左右而言他，只是不斷勸徐遠公喝酒、吃菜，而且言辭之間，吞吐反覆，實在讓人很難理解他的目的到底是什麼？

兩人就這麼喝著、說著，不知不覺，天色漸漸暗下來。老主人便邀徐遠公移駕到花園，繼續飲酒聊天。

花園的構建、設計，頗為精緻，也看得出極具巧思，只是，被竹子層層遮蔽，顯得有些陰森；四處竄生的花兒，也大半被隱沒在雜草之間。

他們來到園中的一處樓閣——裡頭的橫木隔板之間滿布蜘蛛網，大大小小，上上下下，都是蛛網塵埃，雜亂不堪。

兩人在這樓閣裡飲酒。酒過數巡，天色已然昏暗，老主人命僕從們點上燈，以便再與徐遠公繼續暢飲。這時，徐遠公推辭說自己不能再喝了。於是，老主人命人將酒水撤下，改上熱茶。

聽到老主人的指示，僕人們個個神情怪異，慌慌張張收拾起餐盤與酒器，將那些盤碗全數堆放到左邊房間的一張小桌子上，接著又急急端上熱茶。而老主人才啜幾口茶，便找了一個藉口，匆忙離去。

這時，僕人拿著燭台，引領徐遠公到左邊的那間房裡住宿。一進門，僕人迅速將燭台放在桌子上，立即轉身離開，神情顯得有些倉惶。徐遠公以為那僕人是要去拿被褥來這裡打地鋪，以便隨時侍候他這位賓客，但是，等了許久，卻完全沒有動靜，於是他只好自己起身，關上門窗，準備就寢。

窗外有一輪皎潔的明月，月色透進室內，映著床邊泛起微微白光；外頭的鳥鳴蟲吟，唧唧啾啾，喧嚷成一片，讓徐遠公的心中興起一陣莫名的憂悶，遲遲無法入睡。

過了一會兒，徐遠公聽到樓閣的隔板上出現一些怪怪的聲響，聽起來像是腳步聲。那腳步的聲響很大，一下子就到了樓梯間，一下子又好像已靠近他的房門口。徐遠公嚇得毛髮都豎起來，連忙用被子將頭緊緊蒙住！

就在這個時候，房門瞬間被踢開。徐遠公偷偷掀開被角一看，天啊，竟然是一隻有著獸頭人身的大怪物！它整個身體長滿像馬鬃一樣的長毛，渾身黑壓壓的；從口中露出的長牙，尖銳得像嶙峋的山石一般；兩隻眼睛火紅如炬，閃著赤焰的光芒。

那怪物靠近那張堆滿餐盤酒具的小桌子旁，低著頭，用長長的舌頭舔餐盤中的剩菜。被黏答答的舌頭舔過，那些盤子全抹得乾乾淨淨！接著，怪物走向床邊，嗅聞裹住徐遠公的那條被子。

忽然間，徐遠公跳了起來，將被子蒙住怪物的頭，用盡全身力氣壓住那隻怪物，並放聲大叫起來！那怪物也被嚇壞了，驚慌掙脫徐遠公的壓制，奪門而出！

經過這麼一折騰，徐遠公披上衣服，也逃了出來。他在花園裡繞來繞去，發現所有的出入口都被鎖上，根本沒辦法出去！他只好沿著牆邊走，好不容易找到一處較低矮的地方，就從那兒爬出去。

那牆外頭，正好是老主人的馬廄。馬廄裡的人，也被徐遠公嚇了一跳！徐

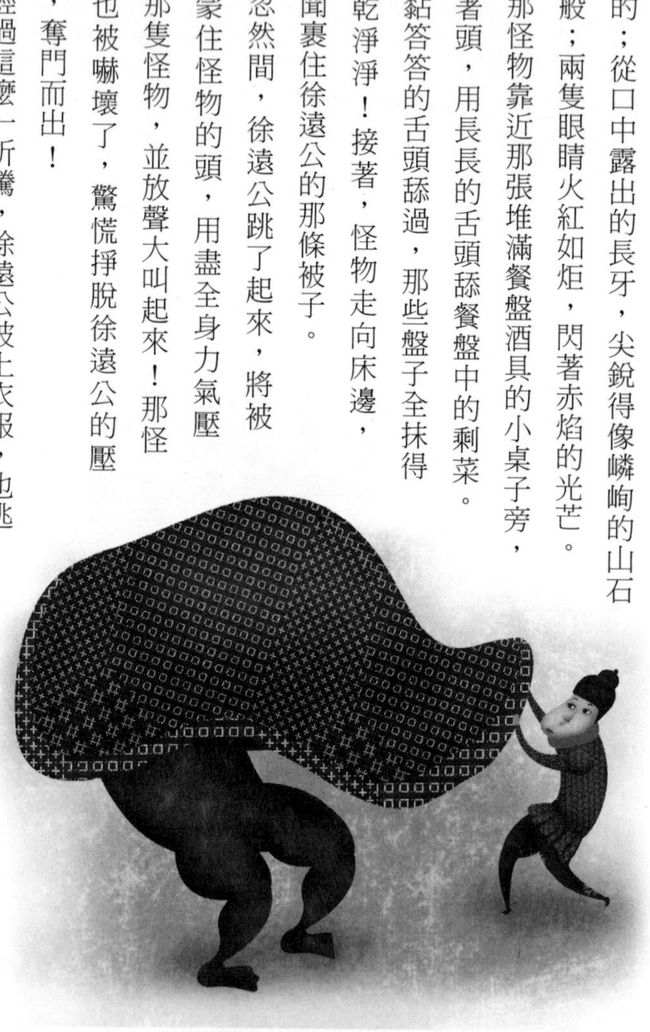

遠公告訴對方剛剛發生的事情，請求讓他可以在馬廄裡度過這一夜。天快亮的時候，老主人派人去看看徐遠公，發現徐遠公不在房內，眾人頗為著急。後來，才在馬廄裡找到他。

徐遠公走出馬廄，非常不諒解老主人如此對待他，他憤怒地說：「我還不習慣施展驅怪的法術，您召我前來，卻又始終不肯說出實情，而我隨身的那只袋子裡有一把護身的如意鉤，又遲遲不幫我送來，您這是要置我於死地啊？」

老主人不斷欠身賠罪，解釋說：「我本來是打算將實情告訴您的，又怕您覺得為難。而且，我們當真不知道您的袋子裡藏有如意鉤啊，還請徐先生您寬恕我們的罪過啊！」

徐遠公還是非常不高興，他向老主人要一匹馬，騎著離開了。

然而，從此之後，那怪物再也沒有出現過。老主人每每在花園中設宴請客時，總是笑著對賓客們說：「我永遠都忘不了這是徐先生的功勞啊！」

水莽草

水莽，是一種毒草。它有像葛草一般的藤蔓，開出的花，和扁豆的花很類似，是紫色的。如果人們不小心誤吃這種毒草，會立即暴斃，而變成「水莽鬼」。當時，民間流傳這樣的傳說：水莽鬼，是無法輪迴的，必須得有再被毒死的人來替代，才能前去投胎。正因為這樣的緣故，在楚地桃花江一帶，這類的鬼特別多！

楚地人習慣稱同年齡的人為「同年」。平時往來拜訪，彼此就稱呼「庚兄」、「庚弟」，而子姪輩的人，則稱他們為「庚伯」，這是當地的習俗。

有位姓祝的書生，要去拜訪他的一個同年。半路上，他突然覺得口乾舌燥，急著要找水喝。這時，他看到路邊有個涼棚，裡頭有一位老婆婆在那兒施捨茶水，於是趕忙前去，要向那老婆婆討水喝。

老婆婆將祝生迎入棚內，非常殷勤地奉上茶水。

祝生捧著那碗茶水，正準備喝下的時候，卻聞到茶碗溢出一股很奇怪的味道，和一般的茶水不太一樣。他心裡有些疑慮，所以，將茶碗放下，決定不喝了，隨即轉身要離開。

這時，老婆婆急忙攔住他，回頭向棚內喊道：「三娘啊！端一杯好茶出來吧！」

過了一會兒，有位少女捧著一杯茶，從棚內走出來。少女的年紀，約莫在十四、五歲左右，長得是天姿國色、豔麗得不得了，她纖纖玉指上的指環，以及白皙臂膀上的鐲子，晶瑩燦亮，閃爍光華，清澈冰透得幾乎能照見人影。

祝生接下美少女奉上的那只玉茶碗，心神迷醉盪漾。他聞聞那茶水，覺得芳香無比，就一口喝光，接著，又向少女要了一碗。

趁著老婆婆走出去，祝生一把抓住那少女的纖柔手腕，從她的指間脫下一枚戒指。少女紅著臉，靦腆微笑，讓祝生更為著迷，他進一步探詢少女的家世。

少女對祝生說：「你晚上再來吧，我還會在這裡的。」

祝生向少女要了一撮茶葉，連同那枚戒指，一同藏進衣袖裡，便離開那棚子。

來到同年家裡，祝生突然覺得胸悶想吐，他懷疑會不會是因為喝了那些茶水的關係，就將他剛才經歷的事情告訴同年。

同年聽了祝生的轉述，大為驚駭地說：「哎呀！糟了！那是水莽鬼啊！我的父親就是這樣被害死的！那是無藥可救的，這……這該如何是好啊？」

祝生整個人嚇呆了，連忙取出藏在袖裡的那撮茶葉，一看，果然是水莽草！他再拿出那枚戒指，也向同年描述那少女的模樣。

同年沉思了一會兒，說道：「那少女，想必是寇三娘！」

聽到「三娘」二字，祝生很詫異同年怎麼會知道這個名字。

他對祝生解釋說：「這是南村富貴大戶寇家的女兒，她的豔麗美貌，人盡皆知。幾年前，她誤吃了水莽草，不幸過世，我想，應該是她在作怪害人吧！」

同年想起有一種說法是這樣的：被水莽鬼魅惑的人，如果知道那鬼的姓名，只要可以求得那鬼生前穿過的褲子，將它放進水裡滾煮，然後再喝下那滾煮過褲子的水，便可以痊癒。

於是，同年急急忙忙趕到寇家，向對方講明實情。他長跪在地，苦苦哀求寇家人可以給他三娘生前穿過的褲子。但是，寇家卻因為有人可以做死去女兒的替身，讓女兒從此得以超生投胎，便堅決拒絕同年的請求。

同年憤慨萬分，無可奈何地回到家，將結果告訴祝生。祝生也滿心悲憤，他說：「我死了之後，絕對不會讓他家的女兒順利投生的！」

此時，祝生已經虛弱得走不動。同年將他背回家，才剛到祝家大門，祝生就死了。祝生的母親悲痛不已，號啕大哭，她流著淚，將祝生埋葬。

祝生死後，留有一子，剛滿周歲。他的妻子無法為夫守節，才經過半年，就改嫁去了，只留下祝生母親一人，獨自撫養小孫子。母親勞累不堪，日夜時時流淚哭泣。

有一天，祝生的母親正抱著孫兒在屋裡哭泣，祝生悄無聲息走進來。母親大為吃驚，抹著眼淚，連忙詢問祝生這到底是怎麼回事。

祝生回答：「我在地下經常聽到母親哭泣，心裡實在是感到非常悲傷，所以，決定早晚前來侍奉母親。兒子雖然死了，但是，在九泉之下，我也成了親，有了家室。您的媳婦等一會兒也將前來替母親您分勞，您就不要再難過了！」

母親問：「兒媳婦是誰呀？」

祝生說：「當時，寇家人見死不救，我心裡非常怨恨他們，就下定決心，死後一定要找到寇三娘。但是，我並不知道她究竟在什麼地方。後來是因為遇見一位庚伯，承蒙他告訴我寇三娘的去向，於是，孩兒前去尋找。到了那兒，才知道三娘已經投生到任侍郎家去了。我又再趕往那任家，將她給強捉回來！

現在她已經成了我的媳婦，和我之間也相處得很融洽，沒有什麼憂心煩惱的事。」

過了一會兒，一名女子從門外進來。她有絕色姿容，也梳妝打扮得很是豔麗，一見到祝母，立即跪地拜見。

祝生對母親說：「這位就是寇三娘。」

雖然，兒媳婦不是活人，但祝母靜靜看著三娘，心裡還是覺得很安慰。

隨後，祝生便吩咐三娘操持家務。三娘原本是富貴人家小姐，對於家事並不是很擅長熟練，但是她的性情很柔順，非常得祝家母子的憐愛。就這樣，祝生與三娘長住下來不走了。

三娘希望請婆婆代為向娘家轉告她的消息，但祝生並不同意。不過，祝母還是順應三娘的意願，和寇家取得聯繫。寇家二老得知這樣的消息，十分吃驚，急匆匆備車趕來祝家。他們看了看那女子，果然是心愛的女兒三娘，不禁失聲痛哭起來。三娘連忙勸住父親和母親。

那寇老太太眼見祝家貧困的景況，心裡非常憂傷、不捨。三娘在旁安慰母親：「女兒已成鬼魂，又何必在意貧窮或富足呢？祝郎母子對待我可以說是情深義厚，我已經決定從此在這裡安居了。」

寇老太太忽然想起一事，問道：「當初，和妳一塊兒奉茶的那位老人家，是誰啊？」

三娘回答：「她姓倪。因為知道自己年紀大了，無法迷惑路人，所以，就請求女兒可以幫助她。現在，那位老婆婆已經投生到郡城中一戶賣酒的人家裡去。」

三娘對母親解釋完，便回過頭去看看祝生，說：「既然夫君已經是我們寇家的女婿，如果還不拜見岳父岳母，教我怎麼安心呢？」

祝生聽妻子這麼一說，連忙向寇家二老行禮。

看祝生與二老行禮之後，三娘走進廚房，代替婆婆準備飯菜，以款待自己的父母

親。寇老太太見到昔日嬌生慣養的寶貝女兒忙進忙出的，實在是心疼不已，回去之後，立刻派兩名奴婢前來，供女兒使喚；另外，還送了百斤的金銀、數十匹的布帛。此後，更不時派人送來酒肉食物等，讓祝母的生活從此也寬裕許多。

寇家也經常讓三娘回娘家探視二老。只是，每每住不到幾天，三娘就會對二老說：「祝家缺人手，還是早點兒送女兒回去吧！」

有時，二老捨不得女兒，故意留她，不讓她回去，而三娘總是自己飄然離開。於是為了能常常見到女兒，寇老先生特別為祝生蓋了一座華麗寬敞的大宅院，但是祝生卻始終不曾到寇家去。

有一天，村子裡有個中水莽毒的人，不知什麼原因，突然起死回生了。大家爭相轉述這件事，都覺得實在是太不可思議！

這個奇聞，也傳進了祝家母親的耳裡，她也覺得很疑惑。祝生便向母親解釋：「其實，是我讓那個人活過來的！他被水莽鬼李九所毒害，我替他趕走李九，才救活他！」

母親問他：「你為什麼不找個人來代替你自己呢？」

祝生說：「我最痛恨的，就是那些找人替死的水莽鬼，巴不得將他們給全部趕走！我自己又怎麼肯做這些害人的勾當呢？而且，我現在可以一直陪在母親身邊，侍奉您，這是我最快樂的事，我也不想再去投生了！」

從今以後，村子裡如果有中了水莽毒的人，都會準備豐盛的筵席，到祝家去祈禱，沒有一次是不靈驗的。

十幾年後，祝家老母過世了。祝生夫婦極為哀痛，但是，他們並不接待前來弔喪的客人，只是命兒子穿喪服，代為盡禮。

母親過世兩年後，祝生為兒子娶了媳婦。這媳婦，正是任侍郎的孫女。

當初，任侍郎的愛妾生了個女娃兒，但不到幾個月就夭折了。後來，任侍郎聽說那女娃兒是三娘投胎，只是又被祝生捉回的這則奇聞傳說，就驅車前往祝家，認了祝生做女婿。如今，任侍郎又將自己的孫女許配給祝生的兒子，兩家之間的來往，更為頻繁了。

有一天，祝生對兒子說：「玉皇大帝顧念我有功於人間，任命我為『四瀆牧龍君』，現在，我要前去任職了。」

話才說完，庭院裡就出現四匹馬，駕著一輛掛黃色帷幔的車子，馬的四肢布滿鱗甲。祝生夫妻倆盛裝而出，一同上了馬車。兒子與媳婦哭著跪地拜別，一轉眼，車馬便消失得無影無蹤。

就在同一天，寇家二老也看見女兒。她拜別父母雙親，重複祝生對兒子媳婦所交代的話。寇老太太哭著挽留，三娘說：「祝郎要走了！」接著走出大門，一下子便不見芳蹤。

祝生的兒子叫祝鶚，字離塵。他徵求寇家二老的同意之後，便將三娘的骸骨與祝生合葬在一起。

寒月芙蕖

在山東濟南這個地方，有位道士，人們都不知道他來自哪裡，也不知道他的真實姓名。

不論寒冬或者炎夏，道士身上總是穿著一件單袍，腰間永遠繫著一條黃色絲帶，此外，再也沒有其他衣物了。他經常用一把木梳梳頭髮，梳完之後，將那把梳子隨手插在髮髻上，看起來簡直像是一頂小帽子。

白天，道士喜歡光著腳丫在市集上閒晃；到了晚上，他就露宿街頭。說來也奇怪，只要是靠近他幾尺距離內的所有冰雪，都會瞬間溶化。

他剛到濟南時，經常變戲法給路人看，那些圍觀的群眾總是非常開心，爭相贈送銀子給他。

市集裡，有個無所事事的無賴，送道士幾罈老酒，希望他可以傳授一些戲法。但是，道士始終不肯答應。

一次偶然的機會，那個無賴經過河邊時，剛好看見道士正在河裡洗澡，連忙將他的衣服給拿走，以此做為威脅，逼迫道士將戲法傳授給他。

道士向那無賴拱手作揖，說道：「請先把衣服還給我，我再將戲法傳授給你！」

但是，無賴很擔心道士會食言，不肯歸還手中的衣袍。

「你當真不把衣服還給我嗎？」

「不還就是不還！」

這時，道士默不作聲。不一會兒，道士衣袍上那條黃色絲帶，轉眼間變成一條巨大的蟒蛇，將那名無賴重重纏繞了六、七圈！巨蛇昂著頭、瞪著眼，朝無賴猛吐舌頭。無賴嚇得趴倒在地，雙腳癱軟跪下，面色鐵青，連氣都喘不過來了，連聲顫抖得直喊饒命。

道士逕自取回自己那條黃絲帶，而那條黃絲帶依舊只是原來的黃色絲帶。只是，另外有一條蛇，蜿蜒身子，慢慢爬進城裡。

從此之後，道士的名聲更加響亮。地方上的官宦仕紳，一聽說他擁有這般難得的本事，都爭相前來和他交往，於是道士便經常進出那些有頭有臉的人家中，甚至連地方上的高級官員們也耳聞道士的神通本領，凡是有宴會的場合，必定邀請道士前往參加。

有一天，道士準備要在湖邊亭台回請那些官紳大人們。當日那些官紳大人們家中的書桌上，都出現道士的邀請函——只是沒有人知道這邀請函究竟是怎麼送來的。

當賓客們紛紛來到湖邊亭台，道士親自彎腰恭敬迎接賓客們。但客人們進了亭子，卻發現裡頭什麼都沒有——就連最簡單的桌椅擺設也沒有——大家都覺得，這是道士故意在開他們玩笑。

正當大家疑惑不已，道士回過頭來對這些官員們說：「貧道沒有僮僕，不知道是否可以請各位大人的隨從們幫個忙，代為勞動奔走？」

官員們都答應了道士的請求。

這時只見道士拿起筆，在亭間牆壁上畫了兩扇門。畫完之後，他隨手敲了敲，沒想到，裡頭竟然有應門的人解開門鎖，接著兩扇門便「吱呀——！」一聲，敞開了。

在場眾賓客皆驚奇不已，紛紛趨前朝門裡張看。

門裡，有許多人正來往穿梭，屏風、簾幔、桌椅等，也都一應俱全。門裡的人紛紛將東西從那裡頭一一傳遞出來，道士命令那些隨從們接下東西之後，往

亭子裡擺，並且百般叮囑他們千萬不可以和門裡的人說話。

就這樣，傳遞接送之間，門內門外的人，只有動作和微笑，沒有任何語言交談。才一會兒工夫，整個亭台就被布置得極為豐盛華麗。接著，香氣四溢的美酒佳餚，也從門內傳送過來！所有賓客，沒有一個人不感到驚奇詫異。

這座亭子，原本是背著湖水，每年六月，荷花盛開數十頃，一眼望去，有無盡的美。道士宴請當時，正值寒冬，亭外只有茫茫湖水，綠波盪漾，連一朵荷花的蹤影也看不到。

有位官員望著窗外綠波感嘆：「唉呀！像今日這樣好的聚會，竟然沒有一點荷花來點綴，真是太可惜了！」大夥兒聽了，也都深有所感。

話才一說完，便有一名隨從前來稟告：「湖裡，現在長滿了荷葉啊！」在座賓客又是連連驚奇，大家紛紛推開窗。果然，眼前風景，遠遠近近盡是翠綠，片片荷葉之間，竟竄出一朵朵荷花！轉眼之間，萬枝千朵的荷花同時綻放，陣陣北風拂面而來，那荷花的香氣清雅舒朗，真是沁人心肺！

大夥兒都覺得這景象實在奇異，便派一些隨從划著小船，到湖裡去採荷。亭上的官員們遠遠望見那些隨從們明明已經深入花叢間，然而，待他們回來時，卻都是空手而回。

官員們質問這是怎麼一回事。隨從們回答：「小的划船過去的時候，望見荷花在遠處，於是，就繼續往前划，可是，慢慢靠近北岸之後，不知道為什麼，那些荷花卻又跑到南岸去！」

道士在一旁笑著說：「這些都是幻夢裡的空花罷了！不是真的。」

沒過多久，酒喝完了，那些荷花也凋謝；一陣北風忽然襲來，將眼前所有的荷葉荷花，全部吹得一點兒也不剩。

濟東觀察使非常喜歡這個道士，將他帶回官署裡，天天同他談笑玩樂。

有一天，觀察使請賓客們喝酒。這位觀察使家中藏有家傳的美酒，每次拿出來宴客，都以一斗為限，絕對不會超出這個底限。

那天，有位客人喝了佳釀之後，讚不絕口，硬是要求觀察使再將剩下的酒拿出來，讓大家喝個痛快。但是，觀察使堅決不肯，推辭說酒已經喝完了。

此時，也在席間的道士，笑著對大家說：「你們如果想喝個痛快，找我就對了！」於是，客人們便央求道士再弄些好酒來。道士沒說什麼，只是將桌上的酒壺藏進自己的衣袖裡，不一會兒，再拿出來，為每位客人斟滿酒杯，而那酒水，和觀察使所藏的美酒，味道完全沒有差別。就這樣，大夥兒一直喝到盡興，才紛紛告辭回家。

客人都離開之後，觀察使心中充滿疑惑，進去察看一下酒罈，發現那酒罈封口是完好的，但是，整個酒罈子卻是一滴酒都不剩了！

觀察使覺得自己被道士給耍弄，心裡十分憤怒，便以「妖人」的理由，下令將那道士給抓起來，施以鞭打之刑。

當棍杖重重落在道士屁股上，觀察使突然覺得自己的屁股一陣劇痛！到了第二個板子再打下去，觀察使的屁股幾乎痛得快裂開來了！

道士雖然在台階下聲嘶力竭哀號，可是坐在堂上的觀察使本人的屁股，卻早已鮮血直流，染紅了整個座位。痛得快暈厥的觀察使，知道道士實在不好惹，趕緊命令那些行刑的人住手，將道士趕出去。

道士離開濟南之後，沒有人知道他去了哪裡。

後來，有人在南京看見一個穿著打扮很類似的道人，就探問起他的身分。然而，那人卻只是笑而不答。

河間生

河北的河間縣，有一名書生。他家中的院子，有一大片空地，密密麻麻堆滿了麥梗，麥梗層層疊疊的，一眼望去，像是一座小小山丘。

每天，他的家人都會從這座「小麥丘」裡折幾段麥梗，做為日常生活必備的柴火。就這樣，今天折幾段，明天折幾段……久而久之，這座麥丘，被掏出了一個小洞穴。

後來這個小洞穴，住進了一隻狐狸。狐狸經常化身為老人，去拜訪那位書生。

有一天，狐狸又變成老翁，前來邀書生一起喝酒。老翁將書生帶到洞穴前，拱手作揖，希望書生可以進到洞穴裡，兩人好好暢飲一番。書生瞧瞧那狹小的洞穴，覺得有些為難，但是，禁不住老翁的再三邀請，書生終究還是彎腰鑽了進去。

沒想到，走進洞穴，眼前竟是截然不同的風景：迴廊曲折蜿蜒，樓宇雕飾典雅，屋內的空間和布置也極為寬敞華麗。書生在驚訝與讚嘆之餘，老翁端上清香無比的茶，以及醇厚濃郁的酒，於是兩人對坐，忘情地品香茗、酌好酒，天南地北暢談。只是洞穴裡的光線昏黃，讓人分不清楚此刻究竟是白天還是晚上？

書生和老翁，兩人都喝得非常盡興。宴席散了之後，書生走出洞穴，想回家歇息，走沒幾步，再回頭瞄一眼洞穴裡的景象，卻發

現之前所看到的樓宇迴廊，已經消失無蹤。

那老翁經常在夜晚外出，一直到隔天早上才會回來，沒有人知道他去了哪裡。每每問起他的行蹤，他總是回答說，是朋友請他去喝酒！

有一次，書生希望老翁也可以帶自己去見見他的朋友們。老翁只是搖頭叮囑：「萬萬不可！」

可是，經過書生再三懇求，那狐狸老翁終於還是答應了。

於是，老翁挽住書生的胳臂，以疾風般的速度開始往前奔行。兩人以這樣的速度疾行了一頓飯的工夫，最後，來到一個城市。

他們走進一家酒店，裡面坐滿了客人，一桌挨著一桌，熱鬧的喧嘩聲此起彼落。此起彼落。

老翁帶著書生走到樓上。從樓上往下俯看那些喝酒談笑的人，他們桌上擺的菜餚，全都清晰可見。

老翁獨自下樓，隨意拿取他們桌上的酒水、乾果，捧了滿滿一堆上來給書生享用，那些喝酒的人竟然一點兒也沒有察覺！

過一會兒，書生看到樓下有一位穿著紅衣服的人，他的桌上擺著金桔，便央求老翁下去拿取。

狐狸老翁回答：「那個人是個正派的人，我沒有辦法接近他呀！」

書生聽了，心裡想：「依照狐狸老翁的說法，他將我當做朋友，不就表示我是個有邪念的人？那麼，從今以後，我必定要做個正派的人才行！」

正當書生這麼一想，他的身子忽然失去自我控制的能力，一陣頭暈目眩，從樓上摔了下去！

樓下那群正喝得開心的人們都嚇一大跳，尖聲叫喊，以為是妖怪來了。

書生跌落地上，抬頭望望，發現這兒根本沒有樓上——原來，他和老翁是坐在這屋裡的樑柱上！

眾人的驚嚇稍稍平復之後，書生將剛剛發生的事情，一五一十告訴店裡的人。大家聽了，知道他說的是實話，就湊了一些路費給書生，讓他可以順利返家。

書生向眾人道謝之後，便探問這裡是什麼地方。酒客們回應：「這裡是山東的魚台縣。」距離書生家鄉的河北河間，兩地的距離，竟然有千里的路程！

鴿異

鴿子的種類，如果真要仔細羅列出來，那可繁雜了！各個地方都有不同品種：山西有所謂的「坤星」，山東有「鶴秀」，貴州有「腋蝶」，河南有「翻跳」，而江浙一帶，則有「諸尖」，以上這些，都是極其罕見的品種。此外，又有靴頭、點子、大白、黑石、夫婦雀、花狗眼等等，名稱多到就是扳著指頭也數不清，而這些都只有養鴿的行家才能分辨。

在山東鄒平縣這個地方，有位公子叫張幼量，他非常著迷於養鴿。他特別依照清代張萬鍾所寫的《鴿經》這本書，做為養鴿的範本，竭力尋求書中所提到的各個品種，希望自己所養的鴿群種類可以完備齊全。

張幼量對待鴿子，就像是哺育嬰兒一般：冷了，就餵牠們甘草，以去除寒氣；熱了，就餵鹽粒來解熱。

鴿子很喜歡睡覺，但是，如果睡的時間過長，有可能會導致肢體麻痺而死亡。張幼量曾經在江蘇揚州這地方，花了十兩銀子，買到一隻鴿子。這隻鴿子體型很小，非常喜愛四處走動，只要將牠放在地上，牠就來來回回盤旋不停，好像非得要讓自己走到累死為止，因此牠經常需要主人將牠握在手中。於是，張幼量在夜裡將這隻愛走動的小鴿子放進他養的鴿群裡，用牠來驚動、吵醒那些愛睡覺的鴿子，這樣就能讓牠們避免鴿腿麻痺這些病症。所以，這隻小鴿子便被取名叫「夜遊」。

山東一帶的養鴿人家，幾乎沒有人可以比得上張幼量，而他自己，也很以養鴿達人這個身分為傲。

某天夜裡，張幼量獨自一人在書房裡閒坐，忽然間，有個白衣少年敲門進來。張幼量看看那名少年，發現自己並不認識他，於是探問少年的姓名和來歷。

白衣少年回答：「我是個四處漂泊的人，叫什麼名字、從哪裡來，這些都不重要！我對於您養鴿的盛名，耳聞已久，而養鴿也是我向來的愛好，不知是否能看一看您的成果？」

聽少年這麼一說，張幼量非常願意和同好分享他的成果，於是帶少年去看他養的鴿群——鴿群裡，各式各樣的顏色都有，光燦耀眼得像是彩雲錦繡似的。

少年看著那些鴿群，笑著說：「人們所說的，果然一點兒都不錯！公子真的是難得的養鴿專家！我剛好也帶著一、兩隻鴿子，不知公子願不願意跟我去瞧瞧呢？」

張幼量聽了很歡喜，便隨少年前去。

此時，月色迷濛，郊外的景致頗為蕭條冷落。走著走著，張幼量內心開始產生一些疑懼和膽怯。少年指著前方的路，說：「請公子再加快腳步，我住的地方就在前面不遠處！」

兩人又走了一會兒，看見前方有座道觀，觀內有兩根門柱。白衣少年拉著張幼量的手，走進道觀內，只見裡面暗無燈火，一片漆黑。

少年站在庭院中，口裡發出像鴿子一樣的叫聲。突然間，不知道從哪裡飛出兩隻鴿子：牠們的模樣，和一般鴿子並沒有什麼不同，羽色純白無瑕；當牠們飛到和屋簷齊高，便一邊鳴叫、一邊互鬥，每相撲一次，就翻一次觔斗！少年揮揮手臂，這兩隻鴿子便展翅飛走。

隨後，少年噘起雙唇，又發出異常的呼聲。這時，飛來了另外兩隻鴿子：體型大的那隻，幾乎有野鴨那麼大，而小的那隻，則嬌小得有如拳頭一般。牠們一前一後，停在台階上，然後學起了仙鶴舞——大鴿伸長頸子挺立，將雙翅展

開成屏風狀，旋轉鳴叫，悠然舞動，好像在引導那隻小鴿；而小鴿也跟著飛上飛下，跳躍鳴唱，有時站在大鴿的頭頂上，小小的翅膀輕輕搧動，就像燕子飛落在菖蒲葉上那般，牠的鳴聲細碎，彷彿搖動撥浪鼓似的；大鴿伸長頸子，不敢隨意動彈，鳴叫聲愈來愈急促，聲音變得像是在擊打編磬一般。兩隻鴿子音韻協調，分合間雜之中，又能切中節拍。

張幼量在一旁看得眼界大開，讚嘆不已，對於自己的能力感到有些羞愧。於是，他向少年深深鞠躬行禮，乞求少年能分幾隻像這樣的鴿子給他。少年不肯答應，張幼量還是不斷作揖乞求。

白衣少年命令那一大一小的鴿子離開，又發出先前那樣的鳴叫聲，招來了那兩隻白鴿。

他將兩隻白鴿握在手裡，對張幼量說：「如果公子不嫌棄的話，我就把這兩隻鴿子送給你。」

張幼量接下這兩隻白鴿，細細賞玩：牠們

的眼睛，在月色的映照下，閃著琥珀色的紅潤光芒，通透明亮，像是沒有隔閡一樣，黑色眼珠骨碌碌轉，好似滾圓的花椒粒；掀開鴿翼一看，胸前皮肉，清澈晶瑩，幾乎可以看到裡面的臟腑。

他大感驚奇，但是卻不以此為滿足，仍然向白衣少年不斷索求。少年說：「本來我還剩兩個品種沒有給你看。現在，也不敢再給你看了！」

兩人正在爭執之間，張幼量望見家裡的那群僕從，正舉著火把，往這兒走來。當他再回頭，準備繼續和少年談話的時候，那少年瞬時化作一隻像雞那麼大的白鴿，直上雲霄，消失得無影無蹤。

而原本的道觀，也同時消失了——眼前所見，只是一座小墳墓，墳墓旁種有兩棵柏樹。

他和僕從們抱著那兩隻白鴿，連聲驚嘆地返家。

他讓牠們試飛，兩隻白鴿非常馴服，本事奇特，和原來的表現一樣出色。雖然這並不是白衣少年最頂尖的鴿子，但也算是人間少有，因此，張幼量非常珍愛這兩隻白鴿。

過了兩年，那對白鴿生下三對小鴿子。即便是家中親友前來求取，張幼量也捨不得給。

他的父親認識一位擔任高官的朋友。有一天，那高官見到張幼量，就問他：

「你養了多少鴿子啊？」他恭敬應和之後，便退下了。

張幼量心裡揣測，這位長輩應該也是愛鴿之人吧？心想該送給他幾隻鴿子，但是又覺得無法割愛，難以下決定。然後他又想到，這是長輩的要求啊，絕對不可以違背他的心意，而且還不能以尋常的鴿子來搪塞。

因此，他選出那兩隻白鴿來，將牠們裝進籠子，奉送給那位高官。他自認為這份禮物，要比其他的千金財寶，更為貴重。

過幾天，他又見到那位長輩。

張幼量流露出施人恩德的得意神色，心想那高官肯定會好好謝謝自己吧？……然而，兩人交談了好一陣子，對方卻沒有流露出任何一絲致謝的意思。

張幼量按捺不住心內疑惑，就直接請教那位長輩：「之前，我送給您的鴿子還可以嗎？」

「喔！不錯啊，還算是肥美！」

張幼量大驚失色，問道：「您……您將牠們……煮來吃了？」

「是啊！」

「牠……牠們可不是普通的鴿子啊！那是俗稱為『鞓韃』的罕見品種啊！」

那長輩摸摸下巴，想了想，說：「但是，嘗起來，和一般的鴿子實在沒有什麼不同啊。」

張幼量聽了之後，極為悵然、懊悔地回家。

那天夜裡，他夢到白衣少年來到，責備他說：「我還以為你是真心喜愛牠們，所以，才將子孫們託付給你。沒想到，你竟然將這樣的珍寶，送給完全不懂得賞識牠們的人，讓牠們在煮鍋裡喪命！現在，我要將我的子孫們全都帶走！」

說完，少年化為鴿子飛走。而張幼量所飼養的所有白鴿，也全數跟隨著牠，一飛而去！

天亮之後，張幼量趕忙前去察看鴿群。果然，所有的白鴿都不見了！他心中滿是遺憾與自責，決定將其他鴿子分送給親朋好友。不到幾天的工夫，就全數送完了。

八大王

甘肅臨洮的馮生，是個沒落的貴族世家子弟。

有個專門捉鱉的漁夫，因為欠了馮生的債，無力償還，所以，就以鱉來抵債。某天，漁夫獻給馮生一隻巨大的鱉，大鱉的額頭上還有一個白點。馮生覺得這鱉實在是太特別了，便將牠放生。

一天，馮生從女婿家回來，走到恆河邊，天色已接近黃昏。這時，他看到一個酒醉的人，旁邊跟著兩三名隨從，搖搖晃晃走來。

那醉漢遠遠看見馮生，高聲問道：「前面那是什麼人啊？」

馮生漫不經心回應說：「只是個路過的人罷了！」

醉漢聽了馮生這般搪塞的語氣，生氣地說：「難道你沒有名字嗎？怎麼只說自己是個路過的人呢！」

馮生急著趕路回家，不想理會那名醉漢，只是逕自從他身旁走過。這麼一來，更惹惱了醉漢，他一把抓住馮生的袖子，不讓馮生離開。醉漢一身酒氣，臭氣薰人，更讓馮生感到不耐，但他卻無力甩開對方的糾纏。

馮生反問醉漢：「那你叫什麼名字呢？」

對方喃喃自語道：「我是從前的南都縣官，你想怎麼樣？」

馮生回應說：「世上有像你這樣的縣官，實在是污辱了這世界！幸虧你只是過去的縣官；如果現在你還是個縣官的話，不就要把所有路過的行人都給殺了嗎？」

醉漢聽了，怒火燒得更是熾烈，作勢要對馮生動武。

馮生大聲喝斥：「我馮某人可不是好惹的！」

醉漢一聽到「馮某人」這幾個字，瞬間轉怒為喜。他踉踉蹌蹌跪倒在地，對馮生敬拜：「您是我的大恩人哪！剛才冒犯了您，請不要怪罪啊！」說完，立刻吩咐隨從先回去準備酒菜。

那醉漢的盛情，讓馮生難以推辭。兩人相互扶持，走了好幾里路，好不容易才看見一個小村落。

來到醉漢家中，只見廊庭屋宇華麗美好，好似富貴人家。醉漢的酒意漸漸散去，馮生這才詢問他的名姓。

「我說出來，您可不要吃驚啊！其實，我是洮水的八大王。剛剛，是西山的青童請我去喝酒，不知不覺喝得過量了，以致冒犯了您，實在是感到十分慚愧、不安哪！」

馮生知道，眼前的這位八大王是個妖怪，但是他的情感和言語都很懇切，所以，也不覺得害怕了。

不一會兒，八大王擺出盛大的宴席，急急催促馮生坐下來暢飲。八大王生性極為豪爽，連連喝光好幾杯烈酒。馮生看八大王喝得這樣急，心中很擔心他又喝醉，會再次無理糾纏騷擾，於是假裝自己喝醉了，請求先離去就寢。

八大王明白馮生的意思，笑著說：「馮先生是怕我又再次癲狂無禮吧？請您不要害怕，也不必擔心。人們常說，喝醉酒的人品行惡劣，總是不記得前晚發生的事情，那都是騙人的。酒徒們不講德行，故意去衝撞、冒犯別人的，十個裡面就有九個！我雖然自己也是身在這群無賴酒徒之中，不過，絕對不會將這些可恥行為加諸在先生您的身上。請您繼續放心喝，不要拒絕我的好意吧？」

馮生聽八大王這麼說，便又坐下。他態度誠摯勸道：「既然你自己知道這樣的行為不好，為什麼不試著改變自己呢？」

八大王沉默了一陣子，緩緩說道：「從前，我擔任縣官時，天天都喝得酩酊大醉，醉酒的程度，和現在比起來，是有過之而無不及！當然，也就觸怒了天帝，把我貶回來這個島上。那時，我發誓一定要痛改前非，到現在，也有十多年的時間了。您看看我現在這副模樣，衰老得快要死了，又加上窮困潦倒，所以才故態復萌，我自己也不知道為什麼會這樣啊！先生您剛才對我的教誨，我必然誠心恭敬領受。」

兩人傾心交談之間，遠方的鐘聲，隱隱傳來。這時，八大王站起身，抓住馮生的手臂，說道：「交心相聚的時間，畢竟是有限的。我有一件東西，希望可以報答您對我的恩德與情義。只是，這東西不能長久佩帶，當您的願望完

成之後，必須將這東西還給我！」

話一說完，八大王從口中吐出一個小人兒，約莫只有一寸多高。隨即，他伸出手爪，用力掐住馮生的手臂，那疼痛就像是皮膚迸裂開來似的！八大王迅速將小人兒按在那裂口上，當他的手鬆開，小人兒已經進入馮生的皮膚裡。手爪的抓痕還在，而且慢慢凸起，鼓成一個小核桃狀的腫塊。

馮生著急詢問這到底是什麼東西？八大王卻笑而不答，只是淡淡地說：

「馮先生，您該回去了。」

送馮生出門之後，八大王就轉身離開。

馮生走了幾步，再回頭看看那村落，發現所有屋舍全部消失了——只見一隻巨大的鱉，緩緩潛入水中，不見蹤跡。對於眼前這場經歷，他驚異不已，久久無法置信！

然而，自從得到八大王的那份神奇贈禮之後，馮生的眼力變得無比明亮：只要是有珠寶的地方，不管埋得有多深，他都可以看得一清二楚！而且，對於那些他從不認識的東西，他也總是能隨口就說中名稱。

某次他從臥室裡挖出好幾百串的錢幣，讓家裡的生活用度變得非常寬裕。後來，有個認識的朋友要賣房子，他看出那老房子地下藏有無數的黃金財寶，就以高價買下，全家搬進去。從此之後，馮生的財富幾可與王公貴族相比，家中的各類奇珍異寶，應有盡有。

此外，馮生還得到一面非常神異的鏡子：鏡子的背面，有突起的鳳形鈕環，以鈕環為中心，周圍精緻刻畫著水雲湘妃圖，鏡面的亮光，可以照射到數里之外。這面神鏡，不但可以將鬍子眉毛等映照得絲絲可數，更奇異的是，美麗的女人只要照了這鏡子，她的影像就可以留在鏡面裡，怎麼磨都磨不掉；如果想改換妝梳重新留影，或者是想更換為另一位美人，那麼，之前所照的影像就會消失。

當時，肅王府裡的三公主，姿色絕美，馮生早已仰慕她的名聲許久。正逢三公主要去崆峒山遊歷，馮生事先前往山中，找個藏身之處，等到她下車，就用那面鏡子照那位三公主。回到家中，馮生將鏡子放在書桌上，細細觀賞，只見那美人在鏡中，手拈絲絹，抿嘴微笑，彷彿欲言又止，眼底盪漾秋波，迷人至極。馮生欣喜不已，謹慎保存這美麗的留影。

一年後，這件事情被馮生的妻子不小心洩露出去，傳進肅王府。肅王大怒，命人捉了馮生，也搜出那面鏡子。肅王計畫要將馮生處以斬首之刑。

馮生雖在獄中，還是想盡辦法去賄賂一些當道顯貴的官員，請他們轉告肅王：「大王如果能赦免我，想要得到天下最值錢的奇珍異寶，是一點兒都不困難的！要不然，我死了也就是死了，對於大王您也沒什麼好處。不是嗎？」

肅王原本想沒收馮家的所有財產，並將他們遷徙到別的地方去。但這時三公主說：「他已經偷看到我的容貌，現在他就算是死十次，也無法讓我擺脫這種屈辱，倒不如讓我嫁給他吧！」

肅王不允許，公主就賭氣將自己鎖在房間裡，不吃任何東西。

肅王妃很憂心公主的情況，極力說服肅王。好不容易，肅王終於釋放了馮生，還命令官員轉告馮生關於公主的婚事。

馮生聽了，連忙推辭：「糟糠妻，不可棄，我寧願赴死也無法從命。大王如果允許我贖罪，要我傾家蕩產、將所有財寶獻出，我也不會有任何怨言的！」

肅王知道馮生的態度之後，非常生氣，再次逮捕馮生。

此時，肅王妃將馮生的妻子召進宮中，計畫要用毒酒毒死她。但是才一見面，馮妻就將一個珊瑚鏡台獻給王妃，她說起話來辭意溫婉，態度也非常柔和動人，令王妃很喜歡，便讓她與三公主見面。

公主與馮妻相談甚歡，更彼此結為姊妹。

這整個過程，傳到馮生耳裡。馮生託人轉告妻子：「王公貴族的女兒，是不可以用先來後到，來論定嫡與庶的。」

妻子不聽，回家之後，開始準備聘禮，送進王府。被派來王府送禮的將近千人，禮品中有許多珍貴的玉石珠寶，就連王府上下也不知道它們的名字。

肅王心中大悅，釋放了馮生，並將三公主許配給他。而三公主出嫁時，仍然帶著那面神異的鏡子。

有一天晚上，馮生在睡夢中，夢見八大王非常歡喜地走來，說：「我之前送給馮先生的東西，現在應該要還給我了。那東西如果佩帶太久，會損耗這個人的精神血氣，還會折人壽命的！」

馮生答應了八大王的要求，並留他在家中作客。

八大王推辭說：「自從聽了您的規勸之後，我已經戒酒三年了！」說完，八大王就用嘴咬住馮生的手臂，馮生痛得驚醒過來。醒來之後，他發現臂上的那個核桃狀的小腫塊已經消失了。

自此以後，馮生又回復為普通人。

二商

在莒縣這個地方，有戶姓商的人家，哥哥大商非常富有，弟弟二商卻很貧窮。兄弟倆比鄰而居，兩家之間，只隔一道牆。

康熙年間，有一年遇到災荒，商家弟弟窮得快沒東西吃了。有一天，接近中午，家裡實在沒有多餘的食物可以讓妻子開伙煮飯，他自己也餓得肚子咕嚕咕嚕叫，只得心急如焚不斷在家裡走來走去，卻想不出什麼辦法。妻子叫他去求住在隔壁的哥哥，二商說：「沒有用的！如果哥哥對我們的處境有一些憐憫的話，他早就來幫我們了！」不過，妻子還是認為應該去試試看。於是，二商就讓兒子前去大商家裡。

過一會兒，兒子空手回來。二商對妻子說：「妳看，我說的沒錯吧！」妻子仔細詢問兒子：「剛剛你大伯說了些什麼嗎？」兒子回答：「大伯他很猶豫地看著大伯母，伯母對我說：『你回去告訴你爹，兄弟倆既然已經分家，那麼，就是各家吃各家的飯，誰都不能顧誰了！』」聽了兒子的轉述，二商夫妻相對無言，只好將僅有的破舊家具給賣掉，換一些粗食米糠，暫時求得果腹，勉強撐過這個歹年冬。

地方上，有三、四個遊手好閒的無賴，老早就窺測到大商家裡境況不錯，頗有些油水可撈，一夥人便趁大半夜，翻過牆頭，潛進了大商家。大商夫妻被外頭的動靜給驚醒，連忙敲起臉盆、大聲喊叫：「抓賊啊！抓賊啊！」但是，因為大商一家平時對人苛刻，鄰居們都沒有人願意伸出援手。大商一家迫不得已，只得大聲叫隔壁的弟弟二商來幫忙……

二商聽到大嫂呼救的聲音，起身要前去相助，卻被妻子一把拉住。妻子大聲向隔壁的大嫂回道：「兄弟倆既然已經分家，那就是各家有禍各家受，誰都不能顧誰了！」

不一會兒，那些無賴們踹開房門，抓住大商夫妻倆，還用燒紅的鐵器灼燙這對夫妻的身體。淒厲的慘叫聲，一陣一陣，不斷從房裡傳出來。

二商聽到兄嫂的慘叫，對妻子說：「雖然哥哥嫂嫂對我們不講情義，但，哪有眼睜睜看著自己的哥哥被害死而不出手相救的！」說完，帶著兒子翻過牆頭，大聲叱喝那幫無賴。二商父子一身的武藝本領，遠近皆知，那一幫無賴盜匪擔心打不過這對父子，又怕會有更多人來援助，便四散逃走了。

趕走了盜賊，二商連忙趨前探視哥哥嫂嫂，發現他們兩人的大腿都被灼燙焦爛。他和兒子小心翼翼扶著受傷的夫妻倆到床上休息，又將大商家中的奴僕召集過來，吩咐他們要悉心照料主人，之後，二商才帶著兒子回家去。

大商與妻子雖然受了那幫盜賊的酷刑，但是家中的金銀財寶卻一點兒也沒有丟失。大商對妻子說：「我們之所以能夠保全我們的財產，都是靠弟弟的解救啊！我們應該分一點財產給他的！」妻子不以為然地說：「你要是真有個好弟弟，我們還會受這種身體上的苦嗎？」大商聽妻子這麼一說，也就不敢再吭聲了。

二商家裡，真是窮得連最後的粗食米糠都沒有了，原本以為哥哥會看在那日相救的份上，拿些東西來致謝的，但是，過了好些日子，卻沒有任何動靜。二商的妻子實在是無法再等下去，便叫兒子拿一只米袋去隔壁借點食物。結果，兒子只拎回來少少的一小袋米糧。二商的妻子看到兄嫂竟是這樣對待自己的親戚，覺得深受屈辱，氣得叫兒子立刻將這些米糧給送回去。二商勸住妻子、攔住兒子，終究還是留下這一丁點的救命糧食。

又過兩個月，二商家裡真的是撐不下去了。二商對妻子說：「現在家裡的狀況，也實在沒有其他辦法來餬口度日，不如我們把房子賣給哥哥吧！如果哥哥擔心我們要離他而去，或許就不會接受我們的房產，說不定還會想辦法接濟我們一下呢！就算不是這樣，我們真的賣了房子，也還是可以有一筆錢，讓我們一家子可以繼續過日子啊。」妻子衡量現況，覺得好像也只有這個辦法，便派兒子拿房契到大商家去。

大商將此事告訴妻子，他說道：「就算弟弟再怎麼不仁慈忠義，他終究是我的同胞手足啊！他們一家人如果離開了，我們也會變得很孤立，不如我們將房契歸還給弟弟，再周濟他們一陣子吧！」

妻子說：「不行！他說要離開，不過是用來威脅我們的藉口，如果信了他這番話，就是中了他的圈套！這世間，沒有兄弟，難道就活不下去嗎？我們將四周的院牆再加高，不就可以保護自己嗎？我看，我們就收下他的房契吧！你弟弟想去哪兒就去哪吧。買下他的房子，剛好可以將我們的宅院給好好整修、擴大一番呢！」

大商夫妻倆做下了決定，叫二商在房契上簽字畫押。大商付給二商一筆房錢之後，二商一家人便搬往鄰村去了。

地方上那幾個盜賊無賴，一聽說二商搬走，又上門來搶劫大商。他們再次抓住大商，用鞭子抽打，以棍棒痛擊，對他施以各式酷刑，逼得大商只好將家中

所有的金銀財帛都拿來贖命。那些盜賊臨走之際，還刻意將大商家裡的米倉給打開，大聲招呼村裡的窮人們盡量來取用，高興拿多少就拿多少。才一會兒工夫，大商家的米倉就空空如也，一粒米都不剩了！

第二天，二商才聽說這件事，他急忙前來探望哥哥。但是，此時的大商已經陷入昏迷，無法說話了，他勉強睜開眼睛看著弟弟，虛弱的他只能用手抓住床席。過一會兒，大商就死了。

二商滿心悲憤前去縣官那兒告狀。然而，那名盜賊頭子早已不知道逃竄到哪兒去，抓不到人；其他搶奪糧食的那一百多人，全都是村里中的貧苦人民，官府對他們也莫可奈何。

大商撇下的小兒子，當時，才五歲。自從家中陷入窮困，他就經常到叔叔二商家裡去，一待就是好幾天，每次要送他回去的時候，這孩子便哭個不停。

二商妻子對於大商一家人的心結頗深，所以，對大商的兒子也都是以白眼相待。看到妻子的態度，二商勸告她：「孩子的父親不忠厚守義，這和孩子有什麼關係呢？孩子是無辜的，他沒有犯錯啊！」說完，到街上去買幾個蒸餅給他，並親自送姪兒回去。過了幾天，二商還瞞著妻子，偷偷拿一斗米糧送去給大嫂，讓她和姪兒的生活不至過不下去。

二商這樣暗中救濟，維持了許久，一直到幾年之後，大商妻子賣掉家中田產，母子倆的生活沒有顧慮了，二商這才停止他的接濟。

有一年，又遇上災荒，路邊隨處都可以看見餓死的饑民。二商家裡因人口變多，已經沒有能力再去照顧其他人。大商的兒子，這時十五歲了，因為體弱不能幹重活，二商就讓這個姪兒提著籃子，跟隨二商兒子們去賣芝麻燒餅。

一天晚上，二商夢見死去多年的哥哥。他的神情哀悽，悲傷地說：「過去我被妻子的話所迷惑，才會丟失你我兄弟之間的情分道義。如今，你不計較過去的嫌隙，更是讓我羞愧得無地自容！你之前賣給我的房產，如今空著，你們一家人就搬去住吧！在屋後雜草堆下的地窖裡，我藏著一些銀子，你將它們拿去，便能過上溫飽無虞的生活。讓我的兒子跟著你吧，至於我那長舌妻子，我十分怨恨她，你就別管她了！」

二商醒來之後，覺得很驚異。他用高價租回房子，住進去後，果然在屋後雜草堆下的地窖裡挖出五百兩銀子。從此之後，他不再做小買賣，而讓兒子和姪兒在街市上開一家店鋪。姪兒很聰明，管理店內的帳目從來沒有出過差錯，為人又忠厚誠懇，即便帳目上出現一丁點的誤差，他也一定會告訴二商的兒子，所以，二商非常疼愛這位姪兒。

一天，姪兒哭著跑來，說是母親想要索討些米糧。二商妻子原本不想給，但是二商看在姪兒的孝心上，仍決定按月供給大嫂一些糧食用度。

幾年之後，二商家裡變得愈來愈富裕。

又經過一段時日，大商的妻子生病過世了。二商也已年老，於是他決定和姪兒分家，將家產的一半分給姪兒。

狼三則

㈠

有個屠夫，賣完肉要回家的時候，天色已經晚了。回家途中，忽然間，眼前出現了一匹狼！那匹狼，狠狠窺伺屠夫扁擔裡還剩下的幾塊肉片，飢腸轆轆，連口水都快要流下來了！

屠夫每走一步，狼就跟上一步，這樣緊緊尾隨屠夫，走了好幾里路。屠夫害怕極了，於是他拿出屠刀，在狼前揮動、比畫了一陣，那狼稍稍後退幾步，但是等屠夫繼續往前走，狼又跟了上來。

屠夫還是沒有辦法擺脫狼，他心裡暗想，既然狼要的是肉，倒不如先將這扁擔裡的肉高高掛在狼取不到的樹枝上，這樣一來，狼應該就不會再跟著他了；等到明天一大早，他再來拿回這些肉！

於是，屠夫將這些肉掛在鉤子上，踮起腳尖，把它們都懸掛在樹枝上頭，接著又將空了的扁擔展示給狼看。就這樣，狼便不再尾隨那個屠夫，而屠夫也順利安全地回家了。

隔天拂曉時分，屠夫前往昨晚掛肉的地方，想拿回他的那些肉片。遠遠的，他望見樹上掛著一個巨大的東西，好像有人吊死在那兒似的。他感到非常害怕，在原地徘徊了一會兒，才小心翼翼往那棵樹的方向靠近，等走近一看，發現原來是一匹死掉的狼！

屠夫抬起頭，仔細觀察那死狼，發現牠的嘴裡含著肉，而掛肉的鉤子刺穿了狼的上顎，就像是魚兒咬住了魚餌一般！

當時，狼皮的價格十分昂貴，屠夫取下那匹狼的狼皮，換了為數不小的一筆錢財，也讓屠夫的生活因此寬裕許多。

就像是要爬到樹上去捉魚一樣，狼爬上樹去吃肉，結果不但徒勞無功，還因此而丟掉性命，真是可笑啊！

㈡

傍晚時分，有個屠夫走在回家的路上，他扁擔裡的肉全賣光了，只剩下一些骨頭。

途中，有兩匹狼，緊緊尾隨屠夫，走了好遠的一段路。

屠夫非常恐懼，就拿起扁擔裡的骨頭，扔向那兩匹狼。其中一匹狼得到骨頭之後，停止追趕，但另外一匹狼卻還是緊緊跟著屠夫；於是，屠夫又丟了一根骨頭給依舊尾隨他的那匹狼，那狼得到骨頭之後，停止追趕，可是，之前得到骨頭的那匹狼卻又跟了上來……等到骨頭都丟完了，那兩匹狼就回復原先那樣，同時尾隨那名屠夫。

屠夫為難又著急，非常擔心會受到那兩匹狼的前後夾擊。他環顧四周，發現田野中有個麥場，麥場主人在那兒堆積了一些木柴，木柴堆上用草席覆蓋，遠看就像一座小山丘。

屠夫以最快的速度跑向那兒，氣喘吁吁倚靠在那柴堆旁，放下扁擔，拿出屠刀。

兩匹狼不敢走上前，只是惡狠狠盯著屠夫。

僵持一會兒工夫，其中有一匹狼直接離開了；而另一匹狼則像狗一樣，蹲坐在屠夫面前，像是在監視他似的。

過了很久，這匹狼的眼睛似乎快閉上了，神情也顯得渙散許多，這時，屠夫突然跳起來，舉起屠刀，奮力砍向那匹狼的頭！隨後又連砍數刀，終於將狼給殺死了。

屠夫想離開時，轉身看了一眼柴堆的後面——發現另外那匹狼正在柴草堆裡打洞，企圖要鑽進洞裡，以便從背後突襲屠夫呢。

那匹狼的身體已鑽進去一大半，只露出狼屁股和尾巴。屠夫舉刀，先從後面砍斷狼的大腿，最後也將這狼給殺死了。

這時，屠夫才恍然大悟：原來，前面那匹狼假裝睡覺，其實是一種誘騙敵人的伎倆啊。

狼，真是狡猾的動物！不過，才一轉眼的時間，屠夫就殺死了兩匹狼。禽獸詭變巧詐的手法還能有多少？最終只不過是為人們增添一些笑料罷了！

(三)

有個屠夫，在暮色裡行走，被狼緊緊追趕。這時，屠夫剛好看到路邊有一間提供夜裡耕種的農民歇息的茅草房舍，連忙跑進那屋裡躲藏。

那匹兇惡的狼，抓破了一扇草簾子，伸進一隻爪子。屠夫見勢，立刻用力捉住那隻狼爪，不讓牠離開，然而卻沒有辦法可以殺死牠。

屠夫的手上，只有一把不滿一寸長的小刀，他用小刀在那隻爪下的狼皮，割出一個小口來，然後用他平日最擅長的「吹豬皮」，朝那小口裡吹氣……

屠夫費盡力氣吹了好一陣子，發覺那匹狼好像沒什麼動靜，就用繩子將狼爪綁好，小心翼翼走出房舍。

只見那匹狼渾身都膨脹起來，像一頭牛那麼大！四條腿直挺挺的，完全無法彎曲，張開的大嘴也閉不起來！

於是，屠夫就將這隻充氣的狼給扛回家去了。

這樣的方法，如果沒做過屠夫，誰能想得到呢？

（以上三則故事，都與屠夫有關。屠夫的殘忍若用於殺狼，倒也是可以的。）

畫馬

在山東臨清這個地方，有個姓崔的男子，家裡非常貧窮，所住的屋舍簡陋不堪，院子裡的圍牆也殘破敗壞已久，沒有錢可以修整。

每天清晨，崔生一起床，總會看見一匹馬，俯臥在院子外頭那片滿是露水的草地。那匹馬，有著黑黑亮亮的毛色，並帶有些許白色花紋，只是馬尾的毛有點長短不齊，像是曾經被火燒過似的。每次，白天時將牠趕走，到了晚上牠又跑回來，也不知道是從哪兒來的。

崔生有個好朋友在山西當官，他想去投靠那位好友，卻苦無代步的馬匹。於是他將那匹馬捉來，披上馬鞍，套好轠繩，打算騎往山西。臨行前，崔生特別叮囑家人：「如果有人到這兒附近來找馬，就說我騎著牠去山西了。請他到那兒來找我吧！」

旅途中，那匹馬一路奔馳，在極短的時間內，馳騁了一百多里路。夜裡，馬兒不太吃草料，崔生心裡猜測：會不會是白天趕路太勞累，讓牠生病了？

於是，隔天再上路，崔生刻意抓緊韁繩，不讓馬兒快跑。但是，那匹馬卻急踢馬蹄，不停嘶鳴，嘴裡還噴著唾沫，和昨天沒有什麼兩樣，依然精力旺盛得很。看到馬兒健壯如昔，崔生也就任牠盡情奔馳。到了中午時分，便已抵達山西。

當崔生騎著那匹馬來到市集，行人看見馬的風姿神采，沒有一個不讚嘆的。這些對於馬的讚譽之聲，傳進了晉王的耳裡，於是，晉王便想以重金向崔生買下那匹馬。但崔生擔心那匹馬的原主人會來將牠帶回去，所以，遲遲不敢將牠賣出。

崔生在山西一待就待了半年之久，這些日子以來，都沒有接到任何馬主人的消息。於是，他以八百兩銀子將馬賣給晉王府，然後又在市集裡買了一頭健壯的騾子。就這樣，崔生騎上那頭騾子，回山東老家去了。

後來，晉王因為有些重要的事情要處理，派遣一名武官騎著那匹馬前往山東臨清。沒想到，才剛到臨清，馬就自己跑掉了！武官著急地四處尋找，追隨馬的足跡，好不容易才追到崔生隔壁鄰居家，但是進了門，卻又不見馬的蹤

影，於是便向那家的主人索討那匹馬。那家主人，姓曾，他向武官不斷解釋：「真的沒有看見任何馬的蹤影！」武官進到曾姓主人的房間裡察看，赫然發現牆壁上掛著名畫家陳子昂的一幅畫馬圖——在這幅畫中，有一匹毛色黑亮、帶著白色花紋的馬，馬尾處有一小部分被焚燒的香柱給燒去一小撮。

當下，武官恍然大悟：原來，那匹馬，竟然是畫中之馬所幻化而成的！武官丟失了馬，無法向晉王交代，因此，他就控告那名曾姓主人。

崔生因為那一大筆賣馬的錢，家裡囤積了些錢財。當他聽聞這個消息，

自願幫那位曾姓主人賠償丟馬的費用，好讓武官回山西時，能對晉王有所交待。

曾姓主人非常感激崔生的恩德，他不知道崔生原來就是當年那位賣馬的人。

安期島

在長山這個地方，有位劉鴻訓劉中堂大人。有一次，他和某位武官共同銜命出使朝鮮國。

他們很久以前就聽說，在朝鮮國裡，有個名叫「安期島」的地方，那裡是神仙居住的處所，因此想要乘船到那兒去好好遊覽一番；但是，朝鮮國的大臣都告誡他們不可以過去，必須要等一個叫小張的人才行。

原來，安期島上的人，從來不與世俗凡間相往來，唯獨島上一位叫小張的弟子，每年會到這裡來一兩次。想要去那島上的人，必須向這位小張先行報備與說明。如果小張同意，那麼，搭上船，就可以一帆風順，平安抵達；如果他不同意，那麼前去的船隻，就會被莫名的颶風給掀翻沉沒。

過一兩天，朝鮮國王召見劉中堂等人。上朝後，劉中堂看見殿堂上坐了一名男子，腰間佩著寶劍，頭戴棕色斗笠，年紀大約三十歲左右，儀表出眾，面貌端雅。探問之下，得知那人便是小張。

劉中堂懇切地向小張說明自己想去安期島的願望。

小張同意了，但緊接著說：「不過，中堂大人，您的副使，不可同行！」說完，小張走出宮殿，將劉中堂的隨從們仔仔細細瞧了一遍。最後，他向中堂大人說明，在這些隨從裡面，只有兩個人可以跟隨劉中堂同去。

於是，小張備好船隻，領著劉中堂等人出發前往安期島。

航行海上，也不知道這路程有多遠。劉中堂一行人只覺得有一種飄然飛行、像是騰雲駕霧的快意；才一會兒工夫，就抵達了目的地。當時正是氣候嚴寒的冬天，可是一到島上卻溫暖如春，滿眼望去，群山遍野都開滿美麗鮮豔的花朵！

小張帶著劉中堂等人進入神仙們居住的洞穴中，看見裡面有三位老者，正盤腿而坐。坐在東西兩側的老者看見客人進來，神情淡漠，當作沒看見一般；只有坐在中間的那位老者，緩緩站起身來迎接他們，並且以禮相待。

客人們都入座了，那位老者叫喚小僮端茶水上來。小僮聽了指示，端著茶盤走出去。

洞外的石壁上，有一把鐵製的尖錐，錐尖的部分深深插入石壁中。小僮拔出尖錐，裡面立刻噴出水來，小僮用一只玉杯盛水，盛滿之後，再將鐵錐插回原處。

小僮將茶端到劉中堂面前，只見玉杯裡的茶色，淡淡青綠。劉中堂試喝一口，沒想到，那茶水竟冰冽得讓牙齒不斷打顫！劉中堂覺得茶水太冰，所以擱下玉杯，不再喝了。

老者看看小僮，使了個眼色叫他端走。小僮將玉杯拿走，順便也將剩下的茶水給喝完；他還是來到剛剛的那面石壁前，拔出鐵錐，再次盛滿茶水，端回給劉中堂飲用。而這次的茶水，飄著濃郁芳香，熱騰騰的，好像剛煮出來似的！他啜飲這杯茶，心中暗暗驚異不已。

隨後，劉中堂向老者探問自己的命運禍福。

老者笑笑地說：「我們這些避世隱居的人，連歲月都不知道了，又怎麼能預知人世間的事情呢？」

劉中堂又問起老者關於如何長生不老的問題。

老者回答：「這可不是你們這些富貴之人用錢財就能夠辦到的事！」

不久，劉中堂等人起身告辭，仍然是由小張送他們回去。

回到朝鮮國，劉中堂向國王詳述了自己在安期島上的見聞和經歷。國王聽完，感嘆地說：「可惜啊！你沒有喝下那杯冰冽的茶水，那可是天上的玉液，只要喝下一杯，就能夠增加百年的壽命。」

劉中堂準備回國時，朝鮮國王送他一件禮物。那禮物以棉紙絹帛層層包裹，國王特別囑咐他，千萬不可在靠近海的地方打開來看。

但等到劉中堂一下船，才剛上岸，他就急匆匆將那禮物取出，連連拆去重重密密的包裝，打開一看，原來，是一面鏡子。他仔細審視那面鏡子，發現鏡子裡，出現了海中龍宮的景象：裡面龍群飛騰舞動，鮮活得像真的一樣！

在他看得正出神時，忽然間，海面上掀起一陣比樓閣還要高的浪潮，氣勢洶洶朝他的方向撲來！劉中堂驚駭不已，急忙拔腿逃竄，卻見那狂烈浪潮緊緊追趕他，速度快得像颶風暴雨，將他整個人都給嚇傻了。

慌亂之間，劉中堂將手裡的那面鏡子往那海潮處扔去。眨眼間，狂潮突然消逝，海面上則風平浪靜，一如往昔。

賈奉雉

賈奉雉，甘肅平涼縣人，才華出眾，文章寫得極好，當時，幾乎沒有人可以比得上。可是，他參加科舉考試，卻每一次都名落孫山。

某天，他在路上遇見一位秀才，那人自稱姓郎。郎秀才的舉止瀟灑，說起話來有條有理，也頗有見地，於是，賈奉雉邀他一起回家，拿出自己寫的文章，想聽聽秀才的意見。

郎秀才讀完那些文章之後，並不怎麼讚許，只是淡淡說道：「賈兄的文章，參加小型的考試，拿個第一名是沒有問題的。但是參加大考就不同了，連榜尾都攀不上！」

賈奉雉不解，問道：「郎兄為什麼會這麼說呢？」

郎秀才說：「天下事，如果陳義太高遠，總是很難如願；但，如果能隨順流俗，事情就容易多了！這麼簡單的道理，賈兄又何必我多作解釋呢？」說完，郎秀才舉了一兩個人的作品做為標準。然而，這些作品，卻都是賈奉雉完全看不上眼的。

賈奉雉笑著說：「讀書人作文章，貴在追求其中永恆不朽的價值，理應盡力求好。如果只是為了獵取功名，而寫出如郎兄剛剛舉出的那些文章，那麼，我以為，即便這些人當上中央大官，他們的風骨仍是卑瑣不足稱道。」

郎秀才不以為然地說：「話不能這樣說。文章即便寫得再好，此人如果沒有地位或影響力，還是無法流傳下去。當然，如果想抱著作品沒沒無聞過完一輩子，你可以這麼堅持；但若是你不想這樣，就必須做出一些改變！那些主考官員們，他們都是靠賈兄看不上眼的那類文章出頭的，恐怕他們不會因為你一個人的大作，另外換一副眼睛和腦袋來評斷吧？」

賈奉雉聽了，默不作聲。

郎秀才起身，笑著說：「你呀，少年氣盛，難怪會聽不進去！」於是，拍拍屁股離開了。

這年秋天，賈奉雉參加考試，又再度落榜。他每天悶悶不樂，憂煩之間，突然想起郎秀才的話，於是將他之前介紹過的那些範例文章，拿出來勉強讀了讀，只是，他還沒讀完一篇，就覺得昏昏欲睡，心裡茫然惶惑不已，無法鎮定下來。

又過了三年，考試的日子將近，郎秀才突然出現在賈奉雉家裡，兩人很高興地敘舊，相談甚歡。知道賈奉雉的考期快要到了，郎秀才特別拿出七道試題，要賈奉雉根據這些題目來試作文章。

隔天，郎秀才把賈奉雉試寫的文章要過來看，覺得很不滿意，要求他重寫。賈奉雉重寫了，郎秀才還是不滿意，又將這些文章批評一番。

賈奉雉感到不耐煩，想戲弄一下郎秀才，跟他開個玩笑。於是，他從落榜的卷子裡，找出一些浮泛冗長、自己都看不下去的句子，隨意拼湊剪貼之後，拿去給郎秀才看。沒想到，郎秀才讀完，竟然開心地說：「對啦！這樣就對啦！」他叮囑賈奉雉，一定要將這些內容牢牢記住，千萬不可忘記。

聽郎秀才這麼說，賈奉雉大笑：「哎呀！其實，不瞞您說，這些句子都不是出於我的肺腑之言，轉眼間，我會忘得一乾二淨啦，就算用鞭子來抽打我，我也記不得一字半句啊。」

郎秀才坐在書桌旁，強迫賈奉雉再誦念一遍；隨後，叫他脫掉上衣，在他背上畫一道符，才離開。臨走前，郎秀才說：「這樣就夠了，其他的書都可以不必看了！」

賈奉雉轉頭檢視他畫的符，發現怎麼洗都洗不掉，已經滲入皮膚深處。

進了考場，賈奉雉驚訝地發現，主考官出的試題，和郎秀才的七個題目是一模一樣的。他試圖回想他之前寫的較滿意的作品，卻沒有一篇記得，滿腦子，都是那些他跟郎秀才開玩笑時所寫的拼湊句子。然而，當他提起筆來，準備寫出那些句子時，卻始終汗顏地下不了筆，想稍微更動一些字，卻怎麼也想不出該用哪些字！就這樣，時間一點一滴過去，眼見太陽快西沉，交卷的時間也要到了，沒辦法，他只好把腦中那些拼湊的東西，一字不漏地全部抄上去。

郎秀才在試場外頭等候已久。他問賈奉雉：「怎麼這麼晚才出來？」

於是，賈奉雉將他在試場內的心情轉折，一五一十告訴郎秀才；同時他也要求秀才將他背上的符給除去。但當他再往自己背上瞧的時候，卻發現那道符已經不見了！再回憶剛剛在考場裡寫的東西，覺得彷彿是前輩子做的事一樣。

對於這一連串的經歷，賈奉雉都覺得驚異不已。他問郎秀才：「你為什麼不用這套法術，為自己謀個一官半職呢？」

郎秀才笑說：「我從來都沒有這樣的念頭，所以，我可以不讀那些無聊冗長的文章！」

兩人約定隔日到郎秀才家一聚。

郎秀才離開之後，賈奉雉拿起那些拼湊剪貼的文章來重讀，覺得實在言不由衷，心裡很不是滋味。第二天，也就爽約，沒有去見郎秀才。

不久，放榜了，賈奉雉居然高中榜首！他又再次將那些舊稿拿出來讀，每讀一次，就冒一次冷汗，等到全部讀完，汗水已經溼透兩層衣裳。他自言自語：「如果這種文章被公開出來，那我還有什麼顏面來會見天下的讀書人呢？」正在慚愧之際，郎秀才突然又出現了。

「你的心願已經達成，都高中榜首了！為什麼還這樣悶悶不樂呢？」

「我剛剛自己思考了一會兒，總覺得，用金盆玉碗來盛裝狗屎，實在是讓人感到顏面無光、不能見人啊！所以，我決定要隱居於山林之中，從此與世隔絕！」

「賈兄這樣的陳義又太高遠了，恐怕是你現在的能力無法辦到的！如果你真的想要這樣，我倒是可以向你引薦一個人，他能夠讓你長生不老。到那時候，就算是千秋之名，你都不會留戀，更何況是眼前那些偶然得來的富貴呢？」

賈奉雉聽郎秀才這麼一說，很是欣悅，於是留他住下來，告訴他：「請讓我再仔細思考一下這個問題。」

天亮之後，賈奉雉對郎秀才說：「我已經下定決心了！」說完，沒向妻子告別，悄悄跟著郎秀才離開。

兩人來到一座深山，進入洞府之中，裡頭則別有天地。

一位老先生端坐在堂上。郎秀才要賈奉雉去拜見他，稱他為師父。

老先生說道：「怎麼來得這麼早啊？」

郎秀才回答：「這個人求道的意念很堅定，希望您能收他為徒。」

老先生看看賈奉雉，對他說：「你既然來了，就必須要將你所有的凡塵俗務置之於度外，這樣，才能求得道法！」賈奉雉恭謹答應老先生的指示。

郎秀才將賈奉雉安頓在一個院子裡，為他安排好住宿的房間，又幫他備妥一些食物和水之後，才自行離去。

賈奉雉的房間，很是精緻雅潔，但是，空有門卻無門板，有窗卻沒有窗櫺，整個房間裡，只有一張小桌子和一個床榻。他脫了鞋子，坐到床榻上，這時，月光已經照進來，他覺得肚子有點餓，隨手拿了些東西吃。那些食物，嘗起來十分香甜可口，才吃一點點，就很有飽足感。

原本以為郎秀才會再來的，可是，賈奉雉等啊等的，坐了好久，卻沒有一點兒動靜，只覺得房間裡充滿一股馨香之氣，彷彿可以讓自己的五臟六腑澄澈空明，讓自己的血脈筋絡清晰可數⋯⋯

突然間，賈奉雉聽到外頭有些動靜，像是貓在抓癢的聲音。他從窗口向外一望，卻見一隻老虎正蹲在屋簷下。看到老虎，賈奉雉很惶恐，但是，他又想起師父的話，隨即收斂起渙散的精神，回到床榻上，凝思靜坐。

老虎似乎知道房間裡有人，進了門，慢慢靠近床榻，口鼻咻咻地呼氣，聞遍賈奉雉的腿和腳。過一會兒，庭院裡有些騷動的聲響，像是雞被綑綁起來時的叫聲，老虎就很迅速地跑出去。

賈奉雉繼續盤腿打坐了好一會兒。這時，走進來一個美麗的女人，身上散發誘人的香氣，她輕輕巧巧爬上床榻，挨在賈奉雉耳邊，小聲說：「我來了！」說話時，口裡散發如蘭花般的幽香。

然而，賈奉雉依舊閉著雙眼，沒有任何反應。

那女人又低聲說：「該睡了吧？」

仔細聽那聲音，賈奉雉突然覺得，很像是自己的妻子在說話，此時，他的心裡已經泛起了微微的漣漪。不過，他隨即轉念，提醒自己說：「所有的一切，應該只是師父在試探我的幻術罷了！」於是，他仍然緊閉眼睛動也不動。

那位美女繼續說話，她開始說一些只有賈奉雉夫妻之間才知道的密語。賈奉雉聽了之後，心情大動，於是睜開眼睛一看——那美人，果然是自己的妻子。

賈奉雉問道：「妳怎麼會來這裡呢？」

妻子回答說：「是郎秀才怕你寂寞想家，所以就找一位老太婆，帶我來這裡。」一言談之間，對賈奉雉的不告而別，妻子顯得有些埋怨。

賈奉雉安慰妻子許久，才讓她笑顏逐開。夫妻倆彼此依偎夜談，直到天亮。

忽然間，他聽到那位老先生的叱責聲，聲音漸漸向這裡靠近。妻子趕緊從床榻上跳下來，看看房間裡，完全沒有可以讓她躲藏的地方，於是就匆匆忙忙翻過矮牆逃走了。

一會兒，郎秀才跟著老先生一起進來。老先生當賈奉雉的面，將郎秀才給打了好幾棍子，然後，命令郎秀才立刻把賈奉雉趕走！於是，郎秀才領著賈奉雉，也從矮牆翻了出去。

他對賈奉雉說：「是我對你期望過高，這實在是我太躁進了！沒想到，你的情緣還未了，也讓我自己白白承受師父的責打。我們倆就暫時先告別吧，未來，我們還是會有見面的一天！」指點賈奉雉回家的路之後，郎秀才就拱手道別。

賈奉雉站在山上，俯瞰自己居住的村莊，村間景象，歷歷在目。他心想，妻子腳程慢，現在肯定還在半路上，就急急趕路去了。

走了一里多，賈奉雉已經來到家門口，但是，眼前所見房舍，卻是零零落落，面目全非，而且，村子裡的老老少少，竟然沒有一個是認得的！他心中詫異極了，忽然想起《幽明錄》上記載，劉晨與阮肇從天台山採藥回來的神怪典故。這種人事全非的場景氛圍，是何等相似啊！

他不知道該如何是好，又不敢回到自己家裡，就在對門的台階上，坐下歇

息。過了一陣子，一個老頭兒拄著枴杖走出來，賈奉雉隨即上前拱手行禮，請教那位老頭兒：「請問先生，賈家在哪兒？」

老頭兒指著對門那屋子說：「就在那兒啊！你是不是也想打聽那家人發生的怪事啊？這個問我就對啦！我可是知道得一清二楚啊！據說，從前那位賈奉雉先生，一聽說自己高中進士，就連夜悄悄逃走了，當時，他的兒子才七、八歲。後來，又過了十四、五年，賈先生的妻子突然有一天大睡不醒。他的兒子還在世時，一遇到天氣變冷變熱，就要為她換衣服。等到兒子去世，兩個孫子就窮困下去，房舍也破敗了，只好用一些木頭來勉強支撐。一個多月前，賈太太不知道為什麼，忽然就醒了，掐指算一算，她大概睡了有一百多年啦！附近的人知道這件奇聞之後，都紛紛前來探訪，直到最近這幾天，人潮才稍稍減少一些。」

賈奉雉終於恍然大悟，他對那老頭兒說：「老先生，我就是賈奉雉啊！」

老頭兒一聽，整個人嚇傻了，趕忙前去通報賈奉雉的家人。

當時，賈奉雉的長孫已經過世，次孫賈祥也有五十多歲。因為賈奉雉看起來很年輕，賈祥也不敢貿然相認。過一會兒，賈老太太走出來，才認出對方果然就是賈奉雉，夫妻倆淚眼相對，不禁悲從中來。

由於賈奉雉沒有房子可住，所以，只好暫時住在孫子家裡。房子裡，大大小小，男男女女，全擠在一塊兒；在他身邊的，都是他的曾孫和玄孫，看看他們的行為表現，多半是粗鄙且沒有知識教養。

長孫媳婦吳氏，準備了簡單的酒菜，又命小兒子夫婦和他們同住一房，將自己房間整理出來，讓祖公、祖婆住。

賈奉雉走進那房間，發現裡面滿是煙塵和小孩的屎尿味，各種難聞的氣味交雜，實在是薰得讓人作嘔。沒住幾天，賈奉雉就無法再繼續待下去了。於是，兩個孫子家輪流供應賈奉雉夫妻倆餐飲吃食，不過都只是一些粗食、菜蔬。村里中，因為賈奉雉的重新歸來，天天有人請他前去飲宴，然而，他的妻子卻經常挨餓。

長孫媳婦吳氏，本是讀書人家的女兒，因此很懂得做女人家的道理，對於賈奉雉夫婦二人的侍奉，一直都很恭順孝敬。但次孫賈祥就不一樣了，他們給二老供應的食物，一天比一天少，有時送東西過來，口氣也非常粗暴。賈奉雉非常生氣，帶妻子離開，到東村去教書。

賈奉雉經常對妻子說：「這次回來，我真是感到十分後悔！但是也來不及了。看看我們現在的日子！不得已，我只好重操我的文章舊業，只要我的臉皮厚一點兒，要過大富大貴的日子也是不難的！」

過了一年多，吳氏依舊經常送東西過來給二老，可是，卻早已不見賈祥父子的人影。

這年，賈奉雉又考中了秀才。縣令非常賞識他的文才，便贈送豐厚的錢財資助他，此後，他的生活比從前富裕許多。這時，賈祥偶爾也會來走動走動了。有一天，賈奉雉將他叫到跟前來，算算從前到底花費了賈祥多少錢，拿出銀子，悉數還給他，並喝斥他離開，以後不用再來往了。

不久，賈奉雉買了新房子，要吳氏母子搬過來一起住。吳氏有兩個兒子：大兒子在家留守舊業；小兒子賈杲，生性聰慧。於是，賈奉雉便讓賈杲和自己的學生們一起讀書。

賈奉雉從深山回來之後，腦袋心思變得更為明澈清朗，過不久，他又考上進士。再過幾年，他就以侍御史的身分出巡兩浙地方，聲名因此顯赫，家中樓台歌舞不斷，遠近的人們沒有不稱羨的。

然而，賈奉雉為人耿直剛正，即使面對宮廷中有權有勢者，也從不諂媚阿諫，因此，朝中一些腐敗的官員都想盡辦法要陷害他。賈奉雉曾經屢次上書，要求辭官返鄉，卻遲遲未能得到皇帝的賜准。果然，不久之後，禍患就發生了。

原來，賈祥的六個兒子全是不務正業的無賴之徒，賈奉雉雖然與他們斷絕往來，也不准他們踏進家門一步，但他們還是偷偷仗著賈奉雉的聲名來作威作福，經常強占別人的土地屋舍。鄉裡的人都視他們為禍患，卻也不知道該如何是好。

有個鄉下人，剛娶了一房媳婦兒，賈祥的二兒子強勢將她搶奪過來當自己的小老婆。這個鄉下人本來就不是個好惹的人物，再加上鄉鄰村民們實在是被欺壓太久，大夥兒紛紛湊錢，要幫那鄉下人打官司。漸漸的，這件事情傳到了京城裡，於是，那些想報復賈奉雉的大官們趁機彈劾他！賈奉雉無法為自己辯白，就被關進了牢裡。

一年之後，賈祥與他的次子都病死獄中，而賈奉雉則被判充軍遼陽。當時，賈杲早已考中秀才，他的為人仁義厚道，有賢良的聲名。賈奉雉的妻子生了一個兒子，那時已經十六歲，便將他託付給賈杲，夫妻二人帶著一個男僕和一名丫環，前去遼陽。

賈奉雉感嘆地說：「這十多年來的富貴，不過像是一場夢！現在才知道，富貴榮華的生活，正如地獄的境界一般，比起那些入山求道的人來說，這是又多一重罪孽啊！」

過了好幾天，他們來到海岸邊。遠遠的，看見一艘巨大的船往這兒駛來，船上鼓樂聲大作，船上那些侍衛隨從們，都像是天上神仙似的。大船靠岸之後，從裡頭走出來一個人，笑著請賈奉雉到船上休息一會兒。賈奉雉看見那人，很是驚喜，便縱身一跳，上了船，押解他的差官們也都不敢阻攔。

賈奉雉的妻子眼看夫君上了船，急得也想跟上去。但是，大船卻瞬間駛遠了。她急怒之下，跳進海裡！人們只見她在海裡漂浮一陣子，船上有個人拋下一條白色絲繩，將她給拉上船去。

押解他們的差官趕緊命令岸邊船夫，划船前往追趕。他們一邊追趕，一邊呼叫，然而此時只聽得到大船上的鐘鼓齊鳴，以及澎湃洶湧的浪濤聲——那艘大船在一眨眼的工夫，便杳無蹤影。

那位帶走賈奉雉的人，就是郎秀才。

黃英

在北平順天府一帶，有個名叫馬子才的人。他的家族，世世代代都鍾情於菊花，到了馬子才，對於菊的喜愛，更是到癡迷的地步，只要聽聞哪裡有好的菊花品種，他一定會想盡辦法將它買到，就算必須跋涉千里，也在所不惜。

某天，一位來自金陵的客人借宿在他家。這位客人知道主人愛菊，便提起他的親戚家中栽植一、二種菊花，是北方所沒有的。馬子才聽了，驚喜萬分，隨即打點行裝，要跟那客人一起前往金陵，去看看那些菊花。

到了金陵，經由那位客人多方打聽，終於為馬子才購得了兩株特有品種的菊苗。這兩株難得的菊苗，對於馬子才而言，就像是稀世極品一般，他小心翼翼將它們包裹起來，寶貝似的珍藏。

此次金陵之行，圓滿順利，馬子才感到心滿意足，從容啟程返家。途中，他巧遇一位少年。少年騎著一匹瘦弱的毛驢，跟隨在一輛漆著五彩顏色的駕車後面。馬子才覺得那位少年人儀表出眾，風姿瀟灑，想必是一位溫雅的讀書人，便趨前和他攀談起來。

少年姓陶，談吐之間很有風雅脫俗的氣韻。他問馬子才怎麼會到這裡來？馬子才將到金陵尋訪菊花的事告訴他。

陶姓少年聽完這段原由，便說：「其實，花的品種，不管哪一個種類都是好的，關鍵在於種花之人是否懂得栽培和灌溉。」接著，兩人聊起種植菊花的一些要領和經驗。

這樣的談話內容，讓愛菊成癡的馬子才開心極了，他問陶姓少年一行人要到哪裡。少年回答：「我的姊姊在金陵住膩了，所以，我們計畫要搬到河北去住。」

馬子才聽了很是歡喜，於是做出這樣的提議：「雖然我的家境向來都不富裕，但是家中仍有幾間茅草房，勉強還可以供人居住。如果你們姊弟倆不嫌棄，就到我那兒去住吧！」

陶姓少年聽了馬子才的建議，走到車前，想請示姊姊的意見。那車內的人掀開簾子，探出頭來說話——馬子才沒想到，那竟是一位二十來歲的絕代美人。

她對弟弟說：「屋子簡陋矮小倒沒有關係，只是庭園一定得要廣闊些才行！」陶姓少年明白姊姊的指示，在心裡斟酌了一下河北原居所與馬家宅院的條件，覺得兩者相差不大，於是代姊姊答應馬子才的提議。姊弟兩人，就隨著馬子才一起返家了。

馬宅的南面，有一處荒廢的庭園，園子裡有幾間簡陋小屋。陶姓姊弟很喜歡這樣的環境，便在那兒住了下來。

此後，陶姓少年每天都會到馬宅的北邊院子，替馬子才栽種菊花。只要發現有已經枯萎的菊花，少年就將它們連根拔起，然後，再重新栽種。很快的，這些菊花又重新拾回生命力，而且沒有一次是失敗的。

陶氏姊弟的家境，似乎非常貧困。陶姓少年每天都和馬子才一起吃飯、喝酒，馬子才觀察到，陶家好像從來沒有生火煮飯過。馬子才的妻子呂氏，也非常喜愛陶姓少年的姊姊，經常為他們姊弟倆送上些許糧食。

陶姓少年的姊姊，小名叫黃英，很懂得應對進退，與人交談時，也都能聊得開。黃英時常到呂氏那兒去，陪她一起做些針線活兒。

有一天，陶姓少年對馬子才說：「馬兄家裡向來也不怎麼寬裕，而我們姊弟倆卻每天在這裡吃食，拖累了你這位知心好友，長久下去，也不是辦法。考量眼前的狀況，或許，賣賣菊花，可以是個謀生之道！」

馬子才向來就是個耿直廉正的人，聽到陶姓少年要將菊花當做買賣的對象，不免對少年心生鄙視，說道：「我一直認為你是個清高風雅的君子，可以安於貧苦的生活，但是，你剛剛的那番話，卻是將種植菊花的庭園當成謀生的營利場所，這對於氣韻高勝的菊花而言，是一大侮辱啊！」

陶姓少年微笑回答：「憑藉自己的勞力來謀生，並不算是貪財，而以賣花為職業，也並不俗氣啊！人，當然不可以用不擇手段的方式去求取富貴，可是，也沒必要一定得過安於貧困的生活。」少年說完話，只見馬子才仍面無表情、不發一語。他感受到一股話不投機的氛圍，便起身告辭。

從此之後，凡是被馬子才丟棄的那些菊花的殘枝劣種，全被陶姓少年撿回去，重新培植栽種；由於馬子才並不認同陶姓少年販賣菊花的想法，所以，陶姓少年也鮮少到馬家吃飯，唯有馬家人來請他的時候，他才會去。

沒過多久，菊花開了。馬子才隱約聽見陶家門前傳來陣陣像市場般的喧鬧聲，覺得很好奇，便前往陶家一探究竟——結果瞧見了一大群買花的人！有些人推著車子來載，有些人將一把一把的菊扛在肩上，一路上的買花人群綿延不絕。而那些菊花的品種，全都是馬子才從未見過的。

馬子才心裡頗厭惡陶姓少年的貪婪，很想與他從此斷絕關係，同時又怨恨少年竟然私藏這些絕佳的菊種。於是，他前去敲陶家的大門，想找少年理論一

番。

陶姓少年打開門，見到是馬子才，便牽著他的手，迎接他進門。進到門內，馬子才驚見從前那座荒廢的庭園，現在遍布盛開的各式菊花，除了那幾間簡陋小屋之外，幾乎已經沒有什麼空地。土地上，凡被鋤去一些菊枝，少年就折些別的菊枝插補進去，而那些花圃上的蓓蕾，沒有一朵是不美的！然而馬子才仔細察看之下，竟發現這些讓人驚豔不已的菊種，都是之前被他自己所丟棄的殘枝劣種。

少年走進屋內，端出一些吃的、喝的，在庭園裡擺出一席酒宴來。他說：「我的生活太窮困了，苦得我實在是無法再守著清高、安貧的操守。這幾天，我很幸運藉著這些菊花，賺得了微薄報酬，用這一點小錢，拿來喝點小酒，倒也足夠！」

過一會兒，屋裡有人喊：「三郎！」少年應了一聲，走進屋內。接著，陶姓少年端上可口佳餚，全都烹煮得十分精緻。

品嘗美味食物，馬子才好奇問道：「你姊姊怎麼還不嫁人呢？」

陶姓少年回答：「時候還未到呢！」

馬又追問：「那麼，要等到什麼時候呢？」

少年答說：「還要再等四十三個月。」

馬子才覺得非常疑惑，再問：「是什麼原因呢？」

這時少年只是微笑，不再回答。此次的交談，兩人都感到非常愉快，喝得盡興之後，才彼此告別。

隔天，馬子才又去拜訪陶家，發現陶姓少年新插種的菊枝，竟然已經長到一尺高了。他大感驚訝，心想少年一定有獨特的種植方法，於是苦苦哀求少年將那些種植祕技告訴他。

陶姓少年說道：「我的方法很難用言語說明清楚，況且，馬兄並不靠販賣菊花來謀生，知道這些種植方法又有什麼用呢？」

過了幾天，陶家門前的喧囂景象漸漸沉寂下來。於是，少年將剩下的菊花用竹草席子裹起來，打包成好幾捆，裝滿好幾輛車，就這麼運走了。

隔年，春天已經過去一大半，陶姓少年才從南方載回滿車的珍奇花卉。他在大街上開了一家花店，只花十天左右的時間，就將菊花全數賣完。之後，他又回到家裡，重新種起菊花。

問過那些前一年和陶姓少年買花的人才知道：他們在花謝了之後，都將根保留下來，但是到第二年，那些保留下來的花根，卻統統都變成劣種，於是人們只好再去向陶姓少年買花。就這樣，陶姓少年一天天富裕起來：第一年，他添建一些房舍；第二年，更蓋起了大宅院。由於事事都能順心如意，陶姓少年與馬子才之間的交流也漸漸減少了。

慢慢的，昔日的花圃，都被改建為屋舍。陶姓少年另外再買一大塊田地，在四周築起高牆，滿滿種著菊花。到了秋天，少年便載著花到別處。直到隔年春天都過去了，仍不見陶姓少年回來。

此時，馬子才的妻子因病過世。他想要續弦，屬意於黃英，便私底下託人偷偷探聽一下黃英的意願。黃英笑笑，感覺上似乎是答應了，只是必須等陶姓少年回來再說。

整整一年過去，陶姓少年仍然沒有回來。這段期間，黃英督導僕人們種植菊花，就像陶姓少年在家時一樣。賺到了錢，就去做其他買賣，所以財富日漸累積起來，又在村外買了二十頃的肥美田地，屋宇建築也因此修繕得更為華麗。

突然有一天，有位客人自廣東來，向馬子才轉交一封陶姓少年的信。拆開一讀，信的內容正是要姊姊嫁給馬子才。馬子才查看一下寄信的時間，發覺剛好就是他妻子過世的那一天。馬子才回想起之前在庭園裡喝酒時，和陶姓少年的那番談話，算一算日子，到現在剛剛好是四十三個月！如此湊巧的時間，讓他驚訝極了。

馬子才將這封信拿給黃英看，並問她聘禮該送到什麼地方？黃英婉謝了聘禮，可是，她認為馬宅的老房子比較簡陋，所以，希望他能到南邊的屋舍來住。這樣的要求，對於馬子才來說，感覺像是招贅，他當然無法同意，仍堅持必須住在原來的老屋舍裡。選定一個黃道吉日後，馬子才就將黃英娶回家門。

黃英嫁給馬子才之後，命人在院牆上開一道門，以便與南面的屋舍相通。每天，她還是都會回到自己家裡去，督導僕人們工作。馬子才認為，依靠妻子的富貴來生活，是一件可恥的事情，因此他經常囑咐黃英要做好南、北兩屋的帳簿，記錄清楚各自的收支情形，以免混淆兩家的財務狀況。

然而，北屋裡的日常生活用品，黃英大多都由南屋那邊取來，所以，不到半年的時間，在馬家屋內看到的，幾乎都是陶家的東西。馬子才每每發現有陶家的東西，就命人送回去，並再三告誡以後不可以再拿過來。但是，不到十天，陶家的東西又混進了馬家。就這樣，日復一日，東西老是搬過來搬過去的，讓馬子才不勝其煩。

黃英眼見這樣的景況，笑著問馬子才：「戰國時期的那位陳仲子，他的清廉美名，難道是來自於這些家務瑣事的區分和勞煩嗎？」馬子才聽了，深覺慚愧，從此之後，便不再計較這些家務事，一切都交由黃英去安排。

於是黃英僱了工人，採買些材料，開始大規模地蓋起屋舍來，連馬子才都阻止不了她。經過好幾個月的工程，屋與屋之間得以相連，南、北兩座屋宇合成為一座大宅第，分不出彼此原來的界限。

倒是販賣菊花這件事情，黃英聽從馬子才的建議，從此不再賣菊。即使少了賣菊的收入，他們的生活享受，卻一點兒也不遜於世家大族。

馬子才對於他坐享的財富頗感不安，對黃英說：「我三十年來所秉持清高、安貧的操守，因為妳的緣故，都毀壞得差不多了。如今的我，活在這世間，竟然是依靠一個女人的財富，實在是連一絲一毫的大丈夫氣概都沒有！別人滿心期待富有的生活，而我只希望可以回到過去那種貧困的日子。」

黃英回應說：「我並不是一個貪得無饜的人，可是如果不稍稍改善一下生活，那麼，千年以後的人，一定都會認為清高的陶淵明天生就是個貧賤骨，即使經過百代，也無法飛黃騰達。因此我要做的，不過就是讓我家族裡的這位陶淵明，不要再受人嘲笑罷了。只不過，貧困之人想要富有，是不容易的；而富有的人想要貧困，卻一點兒也不難。我床頭所積累的那些金銀財富，你儘管拿去花用，我是毫不吝惜的！」

馬子才說：「拿他人的財物來花用，不也是一件讓人羞愧的事嗎？」

黃英說：「你不願意富貴，我也不願意貧困。那麼，我們就分開來住吧！讓清高的人可以繼續保持他的清高，而汙濁的人就讓他自甘於汙濁。這樣，也沒什麼不好。」

於是，黃英便命人在庭園中另外蓋一間茅草屋，並挑了幾名漂亮的婢女去服侍馬子才。剛開始分居的日子，馬子才過得很愜意。不過，才沒幾天，馬子才就非常想念黃英，派人去請她過來；她又不肯，不得已，馬子才只好自己親自過去找她。之後，每隔一天，馬子才就會到黃英那兒去，幾乎成了習慣。

黃英笑看這樣的情況，對馬子才說：「古時，齊國有位女子，為了利益的考量，同時嫁入兩個家庭，過著白天在東邊夫家吃飯，夜晚又到西邊夫家睡覺的生活。現在，你白天在你的屋裡吃食，晚上又到我這裡來歇息，以清高自居的人，不應該有這樣的行為吧？」馬子才聽了，苦笑，無言以對。於是，兩人又回復到原本住在一起的生活。

不久，馬子才有事到金陵去，那時恰好是菊花盛開的秋季。有天早上，他經過一家花店，看見店裡陳列許多盆栽，不論品類或是花朵綻放的姿態，都異常獨特與美麗。馬子才心頭一動，揣想：「這些花，會不會是陶姓少年所栽種的？」才這麼想，花店主人剛好從店裡走出來，馬子才定睛一看，哎呀，果然就是陶姓少年！

許久未見的兩人，開心極了，互相傾訴這段時間各自的一些經歷和心情。要說的話和想分享的心情，實在是多得一時訴說不完，於是，陶姓少年就留馬子才在店裡住下。

過了幾天，馬子才必須要返家，他希望陶姓少年可以隨他一同回去。陶姓少年說：「金陵，是我的故鄉，我將在這裡娶妻生子。現在，我手邊還有些積蓄，勞煩你帶一些回去給我姊姊，並請轉告她，年底的時候，我會回去幾天，探望探望她。」

馬子才不肯接受陶姓少年的說法，反而用盡力氣去說服他，並且強調：「家裡目前的狀況是非常寬裕的，只要放心享清福就好，真的不需要再做其他買賣。」一說完，馬子才坐鎮花店內，叫喚那些僕人們代做生意，並將花的價格調降得非常低。短短幾天，店內所有的花就全部賣完了。

於是，馬子才催促陶姓少年打包好行李，租了條小船，兩人一起北上返鄉。才剛踏進家門，黃英已經為陶姓少年整理好房間，床榻被褥也都已經打點妥當，好像早就知道弟弟要回來似的。

陶姓少年一回到家，便督導僕人們將庭園大大整修一番。之後，他每天和馬子才下棋、飲酒，不再出門，也不去結交新的朋友。

馬子才每次要替他安排親事，總是被陶姓少年所婉拒，於是，黃英便指派兩名丫環去照顧弟弟的生活起居。這樣過了三、四年，丫環為陶姓少年生下一個女娃兒。

陶姓少年一向酒量驚人，從來不曾看見他喝醉，馬子才有個姓曾的朋友，酒量也是無人可比。有一天，剛好這位曾姓友人前來拜訪，馬子才便請他和陶姓少年較量一下酒量。

兩人開懷暢飲，大有相見恨晚的感覺。他們從早上一直喝到三更半夜，各自喝了大約一百壺那麼多！曾姓友人爛醉如泥，在座位上倒頭大睡。

陶姓少年想回他的房裡睡覺，起身出門，誰知剛踏到菊圃上，便醉倒了，他在意識模糊之間，將衣服脫去，丟在一邊——轉瞬間，他的身體化成一棵菊樹！約莫一個人那麼高，上頭開了十幾朵花，每一朵花都比拳頭還大。

馬子才在旁看見這樣奇異的景象，整個人嚇壞了。他連忙跑去找黃英求助。

黃英火速趕來，急忙將那棵菊樹拔起來，放置在地上，責備了一聲：「怎麼醉成這個樣子！」然後，將衣服覆蓋在菊樹上，叫馬子才跟她一起離開，並叮嚀不要去看它。

天亮之後，馬子才再到菊圃那兒去，赫然發現菊樹又變回了陶姓少年！少年仍在那兒躺著，尚未酒醒。這下子，馬子才恍然大悟：原來，陶姓姊弟是菊花精。此後，他對於兩姊弟更加敬愛。

自從陶姓少年暴露自己的真實身分之後，喝起酒來更加肆無忌憚了。他經常自己寫請柬，邀請曾姓友人前來飲酒，兩人還因此結成莫逆之交。

農曆二月十五日，適逢百花節，曾姓友人特別前來拜訪，身邊還多了兩名僕人，扛著一罈用藥材浸過的白酒，他與陶姓少年相約，兩人一塊兒把它喝完。

眼見那罈酒就快要喝完了，兩人還沒有多少醉意，這時，馬子才偷偷拿一瓶酒倒入那罈藥酒中，陶姓少年與曾姓友人兩人繼續喝、繼續聊，終於，喝光了那罈酒。

曾姓友人已經醉得不省人事，任由那兩名僕人背回去。而陶姓少年也醉倒了——和上次一樣，他倒臥到地上，又變成一棵菊樹。

這次，馬子才不再驚慌，他按照上次黃英的方法，將菊樹連根拔起，並且守在一旁，觀看會有什麼變化。沒想到，慢慢的，菊葉愈來愈枯萎憔悴。這會兒，馬子才心裡著急了，趕緊又去找黃英。

黃英聽到馬子才的形容之後，十分驚駭地說：「你殺了我弟弟！」隨即趕赴現場。她看見眼前那棵菊樹的根莖都已經乾枯時，不禁悲痛萬分。

傷心欲絕的黃英，在乾枯菊樹根莖的地方掐下一小段枝梗，將它埋入花盆，小心翼翼端回自己的房裡，每天細心澆水、照顧它。

馬子才感到非常懊悔，尤其怨恨那名曾姓友人。過了幾天，馬子才聽說曾姓友人也醉死了。

黃英房裡的那盆花，漸漸露出新芽，到了九月，也開出花來。短短的枝幹，粉紅的花色，聞起來，還有淡淡的酒香。所以，就將它取名為「醉陶」——如果用酒來澆灌，它的枝葉會生長得特別茂密。

陶姓少年的女兒，長大之後，嫁入了官宦之家。而黃英一直到老，身邊都沒有其他奇異的事情發生了。

齊天大聖

許盛，山東兗州人，他跟著哥哥許成在福建沿海一帶做買賣。當時，不知道什麼原因，貨物一直沒能順利購買齊全。有位客人建議：大聖最靈驗了，不妨去聖廟祈求一番。許盛不知道「大聖」到底是什麼樣的神靈，好奇地和哥哥一同前往。

到了大聖廟，只見殿台樓閣層層連綿，極其宏偉壯麗。進入大殿，瞻仰神像，發現是猴頭人身，原來這尊神就是齊天大聖孫悟空啊！

殿中所有香客，個個肅然虔誠，沒有一個人膽敢怠慢輕佻。許盛為人向來剛直倔強，對於眼前所見的這殿中情景，心裡不免暗自竊笑世俗的迷信陋習。於是，趁大家正專注焚香祭酒、叩頭禱告的時候，許盛就偷偷溜走了。

兄弟倆從聖廟回到旅店之後，哥哥嚴辭責備許盛怠慢了神靈。許盛為自己辯護說：「孫悟空，不過是丘處機筆下的寓言人物，真不知道你們為什麼要這樣虔敬地信奉他？如果他真有神靈，那麼，他想怎麼對我天打雷劈，我都自己來承受！」

旅店主人聽到許盛這樣出言不遜，急忙大聲呼喊齊天大聖的名諱，而在場的所有人都嚇得驚慌失措：有人連連使勁擺手，有人臉色倏忽慘白，深怕天上的大聖真的會聽見。

許盛看到大夥兒這樣反應，更加不以為然，更加不服氣地為自己的說法高調辯護起來。現場的人不安地捂住自己的耳朵，聽都不敢聽，全部溜個精光！

當天晚上，許盛果然生病了。他頭痛欲裂，疼得不知道該怎麼辦才好！有人勸他：要趕快去大聖廟求禱、謝罪，請大聖爺原諒。但是，許盛才不聽呢！不一會兒，他的頭疼稍稍舒緩了些，卻又換成腿疼！夜裡，他的大腿上生了一個好大的膿瘡，兩隻腳腫得不像話，痛得他根本無法吃飯、睡覺！

許盛的哥哥不斷替他禱告，卻始終不見效果。有人說：「這是神靈對他的懲罰，一定得本人禱告才有用。」但許盛還是不信。

過了一個多月，許盛腿上的膿瘡漸漸痊癒了，卻又另外長出一個毒瘡！情況比之前更加嚴重，痛苦指數更是先前的好幾倍。請來醫生，用刀割去那些腐爛的肉，流出的血水，滿滿淌了一整碗。

許盛不希望人們將他生病的這件事，繪聲繪影說成是神靈的責罰，所以他對於身體上的病痛，始終咬牙忍受，吭都不吭一聲。

又過了一個月左右，許盛的身體慢慢康復。然而這回，他的哥哥卻生了一場大病。許盛對哥哥說：「你看吧，就連你這麼崇敬神靈的人也病得這麼厲害，這就足以證明我的病，絕對不是因為那隻孫悟空而起的！」

哥哥聽許盛這樣說，大為生氣，他認為這是神靈將許盛的大不敬遷怒到自己身上的結果，又責怪弟弟不為他祈禱。許盛回應說：「人們總是用『手足』來形容兄弟之間的情感。前些日子，我自己的手腳嚴重腐爛，我都不祈禱了，現在怎麼能夠因為『手足』生病，而改變我的初衷呢？」許盛堅決不向大聖祈求，只是請來醫生，為哥哥開藥方。沒想到，哥哥服下藥之後，竟然就暴斃了！

許盛哀痛欲絕，心中有一股難以撫平的憤恨。他買來棺材，將哥哥入斂之後，直奔大聖廟，衝進大殿，指著大聖神像喝斥說：「我哥哥生病，他說是你遷怒於他，讓我百口莫辯。如果你真有神靈，那麼，就讓我死去的哥哥再活過來！若能如此，我許盛從今以後就心甘情願成為你的弟子，絕不會有任何異議。否則，你就別怪我用你當日將元始天尊、靈寶道君和太上老君的塑像丟入茅坑的方式來對待你，也將你的塑像給扔進糞坑裡！這樣也好破除我哥哥在九泉之下的疑惑。」

當晚，許盛夢見一個人，招著手，要許盛跟他走。走著走著，來到大聖廟殿上。抬頭一看，齊天大聖的臉上滿是怒容。

大聖斥責許盛說：「正因為你對我的態度魯莽無禮，所以，我用菩薩刀扎穿你的大腿，以為懲戒。沒想到你還不知悔悟，依舊胡言亂語！本應該把你送到拔舌地獄去的，但看在你一生剛正耿直，姑且饒你不死！你哥哥的病，是因為你亂請庸醫造成的，這跟其他人有什麼關係呢？這時候，如果我不稍稍施點法力，讓你哥哥活過來，不正是

讓你們這些狂妄之徒更有大放厥辭的藉口了嗎？」

話剛說完，大聖就命令一位青衣使者前去向閻羅王請命。使者想了想，對大聖稟報說：「人死超過三天，鬼名冊就會報送天庭，這事兒，恐怕不太好辦啊！」

聽使者這麼一提醒，大聖便取出一塊方形板子，提起筆來，不知道在那上頭寫了些什麼。寫完，命那使者拿著這塊板子去見閻羅王。

等了許久，青衣使者才回來，後面跟著許成的魂魄，一起跪在大殿上。

大聖問那使者：「怎麼拖了這麼久才回來？」

使者答道：「這事閻羅王不敢擅自做主，又拿了大聖的旨意去請示負責生死的南、北斗星，所以，才回來晚了。」

看見哥哥竟然真的起死回生，許盛立即走上前去，叩謝大聖的神恩。大聖說：「快和你哥哥回去吧！從今以後，你若能全心向善，我當會賜福於你的！」就這樣，兄弟兩人悲喜交集，彼此攙扶，離開了聖殿。

許盛從夢中驚醒，回想這夢裡的經歷，覺得奇異萬分。他急忙起身，將哥哥的棺材打開，果然，哥哥真的甦醒了過來！他小心翼翼將哥哥扶出來，此時，他的心中對於齊天大聖的神力已確信、佩服得五體投地了。

此後，許盛對於大聖信仰的虔敬，比起其他人，更要誠心數倍。

然而，兄弟兩人分別生了那幾場病，將原本要用來經商的資金耗去一大半，再加上哥哥許成的身體還沒有完全康復，面對茫然的未來，兩人都不知道該如何是好。兄弟倆經常就這樣面對面嘆氣，終日愁眉不展。

有一天，許盛在城郊外行走，忽然有一個穿著褐色衣服的人出現在他眼前。那褐衣人目不轉睛端詳許盛的面容，詢問他：「你是不是有什麼煩心事啊？」許盛正苦於沒有人聽他訴說心中煩憂，所以就一五一十對那人講述了自己的遭遇。

褐衣人說：「我知道這附近有一個風景十分優美的地方，我們不妨去遊覽遊覽，也好解解你心中的煩悶。」

許盛問道：「是什麼地方啊？」

褐衣人只說是在不遠處。於是，許盛便隨著那人走去。

出了城門，走了約莫半里路，褐衣人對許盛說：「我略通一些小法術，可以讓我們轉眼之間就到達目的地。」

褐衣人要許盛兩手緊緊抱住他的腰。接著，只見那人微微點了點頭，兩人腳下便湧起滾滾雲彩，身子倏地輕盈飄飛起來！才一瞬間，就不知道飛去了哪裡。許盛感到非常驚恐，他閉著雙眼，一點兒都不敢睜開。

不一會兒工夫，聽見褐衣人說：「我們到啦！」

許盛慢慢睜開眼睛：出現在眼前的，是一片琉璃世界，光芒萬丈，充滿斑斕奪目的瑰麗色彩。

許盛滿是驚奇問：「這是什麼地方啊？」

褐衣人輕聲道：「這裡，就是天宮。」

兩人漫無目的地行走，愈走愈往高處去。遠遠的，望見一個老翁往這兒走來。褐衣人欣喜地對許盛說：「真巧，在這裡可以遇見那位老先生，這可是你的福氣啊！」說完，走向前與那位老翁，作揖拜見。

於是，老翁邀請二人前往他的住處坐坐。老先生烹煮了熱茶，但卻只端上兩碗茶，並沒有許盛的份。

褐衣人說：「這位是我的弟子，千里跋涉來做買賣。如今，他誠心誠意來到仙居拜訪，就請先生您給他一些餽贈吧！」

聽了褐衣人這番話，老翁便命令僮僕取來一盤白色石頭。這些石頭的形狀很像鳥蛋，晶瑩剔透，清澈得像冰一樣。老翁讓許盛自行拿取，許盛心想，這玩意兒倒可以拿回去做酒籌，於是拿了六枚。褐衣人覺得許盛太客氣了，便替他再拿六枚，交給許盛一併包裹起來，並囑咐他謹慎繫在腰間的錢袋裡。隨後，拱手對老翁說：「這樣就足夠了！」便告辭離開。

褐衣人依舊讓許盛抱住他的腰，一瞬間，他們便從天上飛了下來。

一落地，許盛馬上跪拜，請教那褐衣人的仙號。褐衣人笑著說：「剛才我施展的那個小法術，叫做『筋斗雲』喔。」

許盛恍然大悟：原來，褐衣人就是齊天大聖！許盛連忙乞求大聖的庇佑。大聖說道：「我們方才遇見的，正是財神爺。他已經賜了你十二分利錢，你還要求些什麼啊？」許盛再次叩頭跪拜，起身時，大聖已無影無蹤了。

許盛回去之後，非常歡喜地將事情的經過告訴哥哥。他解開腰間的錢袋，和哥哥一起探看，發現那些白色石子已經融進錢袋之中。後來，只要買了貨物進來，獲利總是可以有數倍之多。

從此之後，許盛每次只要來到福建，必定會去大聖廟虔心祈禱。別人的祈求，有時不見得會靈驗，但是，許盛的祈求，卻總是有求必應呢！

鳥語

河南境內，有一位道士，他在鄉間化緣，募得一些飯食。吃過飯後，他聽黃鸝鳥鳴叫了一會兒，便轉過頭去提醒主人要慎防火災。主人問他，為什麼會這樣說呢？道士回答：「剛剛，我聽到黃鸝鳥高聲叫道：『火太大了，很難救！好可怕！好可怕！』」

眾人聽了道士的說法，全都哈哈大笑，沒有人在意道士的提醒，當然，也就沒有人去注意火災防備的事。

隔天，果然發生火災，火勢兇猛，延燒了好幾戶人家。這時，大夥兒才驚覺到那名道士的神奇本領！有一些熱中此類神異之事的人，追上道士，連連稱呼他為神仙。那道士回應說：「我不過就是能聽得懂鳥語罷了，哪裡稱得上是什麼神仙啊！」

剛好，這個時候，有一隻黑色的花雀在枝頭上鳴叫，大夥兒又爭相詢問道士，那花雀在說些什麼？道士側耳聽了一陣，說道：「花雀說：『初六生的，初六生的，十四、十六就會死了！』我想，這戶人家可能生了一對雙胞胎，今天是初十，不出五、六天，這對雙胞胎就會夭折了。」

眾人向這戶人家探問了一下，果然，這家的確生了兩個兒子；沒過多久，這對雙胞胎真的都夭折了——過世的日期，和道士所說的，果然分毫不差！

河南縣令耳聞道士的奇異本事，便將他找來，奉為上賓。

正當縣令熱情款待道士的時候，一群鴨子剛好從眼前經過。鴨子們呱呱叫，縣令便詢問那道士，這群鴨子到底在說些什麼。

道士說：「大人您的家中，想必有些爭執的事情發生吧！鴨子說：『哎呀！你不公平！你偏心！』」縣令聽了之後，大為驚服。

原來，縣令的大老婆和小老婆之間起了一些爭執。縣令因為受不了這些吵鬧，才剛剛從家裡溜出來，想圖個清靜呢。

於是，道士就被縣令留下來款待，並且對他非常禮遇。

道士經常替縣令辨別鳥語，而且大都十分神準。但由於他是鄉野之人，因此言行較為粗魯，說起話來總是肆無忌憚、過於直率，也較不擅長顧及一些人情世故。

這位縣令，是一個貪婪的人，地方上所有供給衙門的物品，都被他折算成金錢，納入自己的荷包裡。

有一天，縣令和道士兩人正坐著聊天，那群鴨子又排成一行列走過來。縣令問起道士，那群鴨今天說了些什麼話。

道士說：「牠們今天說的，和之前不同！現在，牠們正在為您算帳呢！」

縣令問道：「算什麼帳呢？」

道士回答：「牠們說：『蠟燭一百八，銀珠一千八。』」

縣令聽了，非常羞愧，懷疑道士這番話是故意在譏笑他。

後來，道士要求離開這裡，但是縣令卻不允許。

又過了幾天，縣令設宴招待客人，席

間，忽然聽到杜鵑鳥的啼聲。於是，客人們便請教道士，那杜鵑鳥在說些什麼。

道士回答：「杜鵑鳥說：『要丟官啦！要丟官啦！』」

賓客們聽了都臉色大變，河南縣令更是憤怒異常，馬上將道士給趕出去。

沒過多久，這位貪婪的縣令，果然就因為貪圖財利，而被免除了官職。

疲龍

山東膠州，有位御史王大人，奉命出使琉球國。

出使的船隻，航行於海上。原本風平浪靜，卻沒想到行駛至半途，忽然從天邊雲端處，摔下一條龐然巨龍！

巨龍的身體跌入海中，激起數十丈高的水花。那條龍，半浮半沉，在波瀾起伏的海面上，微微仰起牠的頭，試圖將下巴靠在船板上，做為支撐。巨龍的眼睛半開，一副疲憊至極的失意模樣。

看到眼前這般景象，船上的人都嚇呆了，沒人敢繼續划槳，也沒人敢有一絲動靜。此時，船夫說話了：「這是天上掌管降雨的疲龍啊！」

王御史一聽，連忙將皇帝的詔令懸掛在疲龍頭上，並和船上的人一起焚香祝禱。過不久，那巨龍才慢悠悠揚長而去。

待疲龍離去，一行人稍稍平緩心緒，船隻才又繼續前行。萬萬沒料到的是：沒行駛多久，天上又掉下一條巨龍來，和剛剛發生的狀況一模一樣！

這一日，相同的情況，前前後後，竟遭遇了三、四次。

隔天，船夫吩咐其他人要多準備些白米，並且謹慎告誡眾人：「這裡距離清水潭不遠了。如果大家看到什麼，只管往海裡撒米，並且要保持肅靜，不得喧嚷！」

不一會兒，船隻來到一個地方。這裡的海水清澈見底，可以清清楚楚看到海面下盤踞著龍群：條條巨龍，五彩繽紛，像盆、甕一般，蹺伏於海底；有幾條巨龍，正蜿蜒游行，龍鱗、龍鬚、龍爪、龍牙等，盡入眼中，歷歷可見。

船上眾人看了眼前這幕景況，嚇得魂飛魄散，個個屏住呼吸，矇住眼睛，不但看都不敢看，甚至連動也不敢動一下。這時，只有船夫是鎮定的，他手握白米，一把一把撒入海中。

慢慢的，海水的顏色逐漸轉為深黑，看不見底下的龍了。此時，船上的人才敢悄悄喘出氣來。看到眼前的危機似乎得到緩解，眾人的理智也漸漸恢復，對於船夫的行為頗感好奇，於是有人就問船夫，「撒米」的原因是為了什麼。

船夫回答：「龍，最害怕蛆，牠們怕蛆鑽進鱗甲裡去。而白米看起來就像是蛆。把米撒入水中，白米隨著海水浮動，龍群一見到，便以為那是蛆，便立刻趴伏至海底躲起來。如此一來，船就可以安然行駛過去，不會受到威脅了。」

石清虛

從前，北京城裡，有個名叫邢雲飛的人。他是個石頭迷，每每看到一些形狀奇特或韻味獨特的好石頭，總會毫不吝惜，以很高的價錢買下。

有一次，他在河邊捕魚，要撈起漁網的時候，發覺底下好像被什麼東西給絆住。於是他潛入河中，將那個絆住漁網的東西拿了上來，仔細一瞧，原來是一塊直徑大約一尺左右的石頭。這塊石頭，非常細緻精巧，石頭表面突起的地方，就像是層層疊疊、連綿不絕的秀麗山峰。這對愛石成癡的邢雲飛來說，真是如獲至寶，開心極了！

邢雲飛將這塊石頭帶回家之後，還特別為它雕刻了一個紫檀木座，將它擺放在廳堂上。奇怪的是，每當快要下雨時，這石頭上那些細細密密的小孔就會冒出一絲絲的雲霧，遠遠望去，就像是孔洞中塞著棉絮一般。

有個倚仗權勢的土財主知道了這件事，親自登門拜訪，裝作想要看一看那塊奇石。但是當土財主將石頭捧上手之後，他立刻將石頭交給身邊一名壯碩的僕役，隨即奪門而出，跳上馬，飛奔似的離開邢家！

邢雲飛面對這樣蠻橫無理的狀況，實在也無計可施。他滿懷無奈，只能悲憤得不停捶胸頓足。

土財主奪了那塊奇石之後，和僕人們來到了河邊。在橋上休息的時候，僕人不知道什麼原因，竟失手讓石頭掉進了河裡！

土財主大為惱火，將那僕人狠狠鞭打一頓，隨後花許多錢雇用一些懂水性的人到河裡打撈，卻始終沒有找到那塊奇石。於是，土財主在橋上張貼重金懸賞的告示：凡是找到那塊奇石，並將它送回土財主那兒去的人，會賞給他非常豐厚的獎金。

從那天開始，河邊就擠滿了人。許多貪求那筆豐厚賞金的人，爭相到河裡尋找奇石的下落，但最後還是沒有一個人能夠找得到。

過了一段時間，邢雲飛經過那條河。他佇立河邊，想起那塊被人搶走的石頭，不禁又悲從中來……然而，就在此時，邢雲飛忽然看見清澈的水面下，那塊奇石，正靜靜躺在那兒呢！邢雲飛又驚又喜，馬上脫去衣服，跳進水中，將它撈了起來。

回家之後，他不敢再將石頭擺在大廳裡，所以刻意將內廳好好整理、收拾一番，以便在此供奉那塊奇石。

有一天，一位老先生來敲邢家大門，說要看看那塊奇石。

邢雲飛推辭說，那塊石頭早就被人搶走了。

老先生笑著說：「那石頭，不是就放在您家的客房裡嗎？」

邢雲飛心想：「反正石頭是擺在內廳裡的，讓這位老人家到客房瞧瞧也無妨，還可以藉此證明，石頭真的不在這裡。」

於是，他就邀請老先生到客房去看。沒想到，走進客房，竟然看到那塊奇石就陳列在小桌子上！這讓邢雲飛驚訝得說不出話來。

老先生輕輕撫摸石頭，說道：「這塊石頭，是我家的古董，已經丟失了好一陣子，原來是在您這兒！現在，好不容易讓我找到了，請您物歸原主，將它還給我吧。」

邢雲飛非常著急，他不願再失去這塊石頭，和老先生爭辯說，自己才是這石頭的主人。

老先生微笑回應：「既然您說這石頭是您的，那麼，有沒有什麼證據可以證明呢？」

邢雲飛答不出來。

老先生又說：「這東西既然是我的，我對它的了解，自然十分清楚！這塊石頭，前前後後，共有九十二個孔洞，其中，最大的那個孔洞裡，還刻有『清虛天石供』五個字。」

邢雲飛仔細檢視老先生所說的特徵：那大孔裡，果然刻有小字，字跡小得跟米粒一般，要用盡眼力，才能勉強辨認出來；再數數那石上的孔洞，也剛好符合老先生所說的數目。事實盡在眼前，邢雲飛也無話可說，但是，他依舊難以割捨，堅持不還給老先生。

那位老人家笑臉依舊，說道：「誰家的東西，難道可以任由您來做主嗎？」說完，他就向邢雲飛拱手道別。

邢雲飛送老先生出門，再回到屋裡時，卻發現石頭不見了！他連忙追出去，幸好老先生還未走遠，他狂奔過去，拉著老先生的衣袖，哀求將石頭還給他。

老先生說：「真是奇怪了！這麼一個直徑近尺的石頭，難道是可以握在手中、藏在袖子裡的嗎？」

這時，邢雲飛才恍然大悟，這位老者，原來是位神仙！於是，他苦苦將老先生拉回去，又跪在地上不斷懇求。

老先生說：「這石頭，到底是您的？還是我的？」

邢雲飛回答：「那奇石，實在是屬於老先生您的。可是，能否請您割愛，把它送給我呢？」

老先生說：「既然您這樣鍾愛它，那麼，就讓它留在您原來的地方吧。」邢雲飛聽老人家這麼一說，隨即前往房裡查看——奇石，已經回到原來擺置的地方了。

老先生又說：「天下的寶物，本應該歸屬於能真正愛惜它的人。這塊石頭能自行選擇主人，我自然是非常高興，只是它這樣急著要表現自己，出現得太早了，所以，難逃劫數！我今日來，要將它帶走，其實本是打算在三年之後，再拿來送給您的。現在，您既然一定要讓它留下來，那麼，您必須要減少三年的歲數，才能和這石頭終生相伴。這樣，您願意嗎？」

邢雲飛聽到終於可以擁有這塊奇石，欣喜若狂，頻頻點頭說：「願意！」

於是，老先生伸出兩隻指頭，將石面上的某個小孔輕輕一捏。奇怪的是，堅硬的石頭，這時卻柔軟得像泥土一般，老先生輕易地就將那個小孔給封閉起來了。同樣的動作，老先生連續做了三次，封閉石頭上的三個小孔。結束之後，他對邢雲飛說：「這石頭上孔洞的數目，也就是您在人間的歲數！」

話一說完，老先生再次拱手道別。邢雲飛雖再三挽留，但是，老先生堅持離

開；邢雲飛探問老人家的姓名，他也不肯透露，就這樣悠悠然飄逸遠去。

過了一年多。某天，邢雲飛出門辦事，留宿在外地，碰巧當天夜裡，邢家就遭了小偷——小偷什麼都沒拿走，獨獨偷走那塊奇石。

邢雲飛回來之後，得知自己最心愛的石頭被偷，心疼得像是要死去一般。他四處訪查、探求，卻始終沒有奇石的下落。

幾年後，邢雲飛偶然在報國寺前看到有人在賣石頭，他走近一看，卻驚見那人賣的，竟是自己失竊多年的那塊奇石！他立刻上前，向賣石頭的人要回那塊奇石。但是，賣石頭的人哪裡肯服氣？兩人爭執不下，於是抱著石頭，上衙門找官員評斷。

官員問道：「你們各自有什麼證據，可以證明石頭是自己的？」

賣石頭的人說出奇石上小孔洞的數目。然而，當邢雲飛要那人說出石上的其他特徵時，對方卻茫茫然，什麼也說不出來。這時，邢雲飛向官員另外指出：石上的最大孔洞裡，刻有五個字，以及三個被捏平的孔洞處上面的指痕。

衙門裡的官員將邢雲飛的描述仔細驗證一番，果真不錯。於是，便裁定判決：石頭，應歸邢雲飛所有，並且還要對那個賣石頭的人，施以杖刑。結果賣石者跪地求饒，說他是用二十兩銀子在街上買來的，真的不是偷來的……辯解好一陣子，官員才釋放那個賣石頭的販子。

邢雲飛再度找回石頭，這次他更為仔細安置：用錦緞密密包裹，小心收藏在木櫃子裡。每每興之所至，想要品賞石頭的時候，必然會先焚燒一炷清香，凝神靜心之後，再取出賞玩。

某位在朝廷為官的尚書大人，聽聞有這塊奇石的存在，想用一百兩銀子向邢雲飛買下那石頭。

邢雲飛語氣堅定回覆尚書大人：「這塊石頭，即使是用一萬兩銀子，我也是不賣的。」

尚書大人一聽，心中懷恨不已，暗地裡借其他的事由來誣陷邢雲飛，將他關進監牢，逼著邢家大小必須變賣田產來營救邢雲飛。

尚書派人前去暗示邢雲飛的兒子說，只要交出那塊奇石，就什麼事都沒有了。

兒子前往探監時，將此事告訴邢雲飛。邢雲飛悲憤已極，發誓說：「我寧可就這樣死去，也不能失去那石頭！」

即使邢雲飛如此堅持，但他的妻子和兒子為了營救他出獄，最後還是將石頭獻給尚書。

邢雲飛出獄之後，知道了事情的真相，他痛罵妻子，也重重責打兒子，而且還上吊自殺好幾次——所幸，都能及時被家人發現而救活過來。

某個夜裡，邢雲飛夢見一個陌生男子來到面前，自我介紹道：「我是『石清虛』。」男子勸邢雲飛別再傷心難過，並說：「我不過是暫時和您分別一年多罷了。明年的八月二十日，拂曉時刻，您到海岱門那兒去，只要花兩貫銅錢就可以將我贖回來！」

夢醒，邢雲飛高興極了，並牢牢將這個日期記在心裡。

話說那塊石頭到了尚書大人家裡，就再也冒不出雲霧來。少了這番奇異的景象，久而久之，尚書也就不再重視它。

隔年，尚書因為犯了罪，被削去官職，不久便死了。

八月二十日，清晨時分，邢雲飛如期來到海岱門前，剛好遇上尚書家裡的僕人，拿著偷出來的那塊奇石，在這兒叫賣。於是，他掏出兩貫銅錢，又重新擁有了這塊石頭。

邢雲飛八十九歲那年，自知這是他在人間的最後一年，於是，他自己準備好所有喪葬事宜，又反覆叮囑兒子：那塊奇石，一定要陪著一起下葬。

等到邢雲飛過世那天，他的兒子遵從父親的遺命，將石頭葬入墓中。

過了半年多，邢雲飛的墳墓被盜，那塊石頭被偷走了。他的兒子知道這件事情之後，四處尋查，卻始終無法找到竊賊。

兩三天後，他和僕人走在路上，忽然看見有兩個人跌跌撞撞、汗流浹背朝向天空拱手敬拜，神色慌張求饒：「邢先生，請別再這樣逼迫我們了！我們兩人拿這石頭，不過才賣四兩銀子而已啊！」

於是，邢雲飛的兒子綁了這兩名盜墓賊，送進衙門裡去。一經審問，兩名賊子立刻俯首認罪。問起石頭的下落，供出是賣給了一名姓宮的人。

官員隨即命人前去宮氏家裡，將那石頭取回來。

一看見那奇石，官員將它捧在手裡把玩許久，喜歡得不得了，想將它據為己有——於是他命令屬下，把這塊石頭放進倉庫裡去。

官員舉起石頭，正要交給屬下的時候，石頭突然自己重重摔落在地上，摔成數十個碎片！

現場所有人都大驚失色。官員既覺得詭異，又惱羞成怒，就將那兩名倒楣的賊子判定死罪。

邢雲飛的兒子將那些石頭碎片一一拾起，謹慎包裹好，出了衙門，前往父親的墓地，重新將那些石片埋入墳中。

姬生

河南南陽一帶，有個姓鄂的人家，家中有狐精作怪：一些金銀財帛、日常生活用品，經常被牠偷去；如果不小心冒犯狐精，牠就更加倍作亂，禍害於人！鄂家老先生有個外孫，名叫姬生，頗有些才識與文采，性格瀟灑放曠，喜歡無拘無束的生活。

一天，姬生來到外祖父家，代為焚香祈禱，希望狐精不要再來騷擾、搗亂。但是，並沒有得到任何回應。接著，姬生又向狐精請求：「那麼，是否可以請您離開外祖父家？就到我姬生家裡來吧！」結果，還是無法獲得牠的允諾。

人們看到姬生的行為，都譏笑他。姬生卻不以為意，他認為：「狐精既然能夠幻變出人的各樣形貌，就代表牠也具備人的心智情感。我一定要好好引導牠修行，讓牠修成正果、得道成仙！」

於是，姬生每隔幾天，就會到外祖父家燒香祈禱；雖然並沒有收到什麼具體的回應，但奇怪的是，每次姬生待在外祖父家，狐精就不會來作亂。因此，鄂老先生經常留姬生在這裡過夜。夜晚，姬生經常仰望星空，祈請狐精現身相見，而那份邀請的心意，也變得愈來愈堅定。

某天，姬生回到家中，獨自坐在書房，忽然間，房門慢慢自動關起來。姬生站起身子，很虔敬地說：「莫非是狐兄來了嗎？」四周依然寂靜無聲，沒有任何動靜。

另一個夜裡，房門又自動打開。姬生說道：「倘若是狐兄蒞臨，這本來就是小弟我一直祈求的。您不妨現個身，讓我一睹狐兄的俊美風采吧！」房裡，寂靜依舊，沒有一絲一毫的聲響。然而，原本桌上擺放的兩百枚銅錢，到天亮就統統不見了。

那天晚上，姬生又在桌上增放了好幾百枚銅錢。夜半時分，他聽到帳幕外有一些鏗鏗鏘鏘的聲響，就披衣起身，對著帳幕外頭說道：「是狐兄嗎？我特別準備了好幾百枚銅錢，供您取用。雖然，我稱不上是個富有的人，但是，我也並不吝嗇，如果您有任何急需，不妨直說，為什麼總是要用這種偷竊、盜取的手法呢？」

過一會兒，姬生前去檢視桌上的銅錢，發現少了兩百枚；剩下的錢幣，仍舊放在原來的地方。過了好幾天，他再去察看，發現那些銅錢都還在，一個子兒也沒有少。

有一次，姬生為了招待客人，特別烤了一隻雞。但是，不知道為什麼，才一轉眼，那隻烤熟的雞，忽然就不見了。到了夜裡，姬生又在桌上擺一瓶酒，從此以後，狐精就不再出現。

至於鄂家，狐精卻仍然不停作怪。

於是，姬生又再度前去焚香祝禱。他祈求：「我準備了一些錢財，您不去取用，奉上酒水，您也不去喝；我外祖父年事已高，身體又不好，您就不要再這樣繼續干擾他的生活了。我再次準備一些給您的禮物，雖然稱不上豐美，但這是我們的心意，狐兄要是喜歡的話，夜裡就到這兒隨意取用吧！」

姬生拿出數千錢幣，以及美酒一罈，還有兩隻切成薄片的雞，一併陳列在桌上，然後，自己在桌子旁邊躺下。

整個晚上，寂靜無聲，桌上的東西，全部都保持原樣，沒有任何被動過的跡象。此後，狐精再也沒有出現在鄂家。

過了不久，某天夜裡，姬生很晚才回到家，一打開書房的門，卻驚見桌上擺著一罈美酒、滿滿一盤烤雞，以及用紅繩串起的四百枚銅錢，剛好就是之前他所丟失的東西。

姬生心想，這應該是狐精對他的回報。他聞了聞那罈美酒，香氣頗濃，倒進杯裡，酒色碧綠，輕輕啜一口，味道濃正醇厚。喝著喝著，一壺酒就這麼喝光了，這時，姬生已經半醉，心裡不知不覺萌生起貪念，突然很想去做賊！於是，大半夜的，他偷偷溜出了家裡。

走在夜色中，姬生想起村子裡住著一戶有錢人家——他就跑去翻越人家的圍牆。那圍牆築得很高，但是，姬生不知怎麼搞的，竟然可以一躍而上，又輕巧落下，好像身上長了翅膀一樣。

他闖入那有錢人家的房裡，偷了貂皮大衣和金香爐後，就跑出來。回到自己家，姬生將這些偷來的東西放在床頭，便倒頭呼呼大睡。

等到天亮，姬生將那些偷來的東西抱進臥房。他的妻子很驚訝地問他，這些東西是打哪兒來的？他吞吞吐吐將昨天半夜裡的偷盜行徑，告訴妻子，但臉上卻掛著喜滋滋的得意笑容。

妻子聽了大為驚駭，嚴正說道：「你平時為人，剛強正直，怎麼忽然做起這種偷盜的惡事呢？」

然而，姬生卻覺得心安理得，不覺得這有什麼好奇怪的。之後，他還將狐精回報他美酒美食的事情，詳加述說了一番。

這時，妻子恍然大悟，暗暗猜測：「狐精肯定是在那罈酒裡下了藥！」她想到丹砂可以用來去邪，於是馬上取來丹砂，將它研磨成細末，拌進酒裡，讓姬生喝下。

不一會兒，姬生突然不由自主高聲喊道：「我怎麼會去做賊呢？」

妻子在一旁，將事情的原委向姬生解釋了一遍。他聽完之後，非常沮喪，心內悵然若失。隨後，又聽聞村子裡的那戶有錢人家被偷盜的消息——鄰里之間傳得沸沸揚揚。姬生因此整天不吃不喝，不知道該如何是好。

後來，妻子幫姬生想出一個辦法：就是要他趁著半夜，再次前往那戶有錢人家那兒，將貂皮大衣、金香爐這些東西扔回圍牆內。

姬生乖乖照著妻子的說法去做。那戶有錢人家的東西失而復得，於是，關於偷盜的傳聞，也就因此平息。

後來，姬生參加省城裡的考試，得了第一名。又因為他的文章與品行兼優，被舉薦到國家最高學府裡讀書，也因此可以得到加倍的賞賜。

然而，就在即將放榜之時，道衙的屋樑上，被人發現黏著一張紙條，上頭寫著：「姬生是個賊！他偷過某戶人家的貂皮大衣和金香爐，這樣怎麼能算得上是品行優秀的人呢？」

奇怪的是，道衙的屋樑非常高，一般人就算踮起腳跟，也是沒辦法碰著的。衙門裡的官員覺得很疑惑，拿著這張紙條去找姬生。

姬生看了紙條之後，大為吃驚，心想這件事情，除了妻子之外，是沒有人知道的。更何況，道衙裡門禁森嚴，怎麼會有人闖得進去呢？於是，他立刻醒悟到：「這件事，肯定是狐精所做的！」

隨後，姬生便將狐精的事情，從頭到尾，一五一十向官員稟報，一點兒都不隱瞞。官員聽完之後，對於姬生的人品，更加敬重了。

此後，姬生經常反覆思考他的這段經歷：「我並沒有做出什麼對不起狐精的事。然而，牠之所以會屢次陷害我，或許正是因為小人不甘心於自己獨自做小人吧！」

竹青

有個湖南書生，名叫魚容，至於他住在湖南的哪個縣府，已經沒有人記得了。

魚容家裡的狀況，非常貧窮，吃與住，每每過得十分拮据。有一次，他去參加京城考試，希望可以因此求得一官半職，改善一下家裡的困境。可惜的是，他並沒有錄取，只好黯然返家。

回家途中，他所帶的盤纏都用光了，已經沒有錢買吃的東西。魚容餓壞了，但是他又不好意思向別人開口乞討，所以，暫時在路旁的一間吳王廟裡休息。

他跪在吳王的神像前祈禱了好一陣子，但實在是因為又餓又累，魚容昏昏沉沉，就在廊柱旁躺了下來。這時，他眼前忽然出現一個人，拉著他，說要帶他去見吳王。

那人帶魚容來到吳王面前，跪著向吳王稟報：「黑衣隊裡，還缺少一名隊員，不妨就讓他來頂替吧。」

吳王批准那人的建議，賜給魚容一套黑色衣服。

魚容一穿上那套黑衣，立即化做一隻烏鴉，振起翅膀，飛了出去！看見天上那群烏鴉兄弟們，便和牠們一起飛去，分散落於掛著帆幔的帆船桅竿上。船上的旅客紛紛向空中拋擲肉食。烏鴉們爭相穿梭於空中，接起肉食，飽餐一頓。魚容模仿兄弟們的行為，不一會兒，也吃得飽飽的！吃飽之後，飛上樹梢棲息，感覺挺悠然暢快。

過了兩、三天，吳王覺得魚容身邊沒有配偶陪伴，有些孤單，就將一隻雌烏鴉許配給他。那雌烏鴉，名叫「竹青」。魚容與竹青，彼此愛慕，相處得很是融洽、幸福。

魚容每次捕食，總是溫溫馴馴，而且缺乏警戒心。竹青為此十分擔心，不時勸諫夫婿要特別小心，但是魚容始終沒有仔細聽從。

一天，剛好有群滿州士兵經過，兵卒用彈弓射中了魚容的胸膛。幸好，竹青在那個危急的瞬間，及時將魚容啣走，才沒有讓他被滿州兵捉去。

看見魚容被攻擊受傷，烏鴉兄弟們群起憤怒，奮力振起翅膀來搧動江河，結果萬頃波濤驟然而起，將滿州兵的船全給掀翻。
竹青啣來食物餵魚容，但魚容的傷勢太重，隔天就死了……
忽然間，魚容從夢中驚醒，發現自己還躺在吳王廟裡的廊柱旁！
在此之前，吳王廟附近的居民都以為躺在廊柱旁的陌生男子已經死了。只是，摸摸魚容的身體，還有些餘溫，因此派人不時去察看他的狀況。現在，看他清醒了，便問明原由，並且由眾人湊齊些盤纏給他，好讓魚容可以順利返鄉。
三年過去了，魚容再次經過吳王廟。他入廟參拜吳王，同時擺上食物，召喚烏鴉們下來吃食，口中不時祈禱：「如果竹青在這裡，請留下來！」
烏鴉們吃完之後，紛紛飛走，沒有一隻烏鴉留下來。
後來，魚容考取了舉人，返家途中，特別以豬、羊為祭品，再次參拜吳王廟。祭祀完畢後，更大擺宴席，請烏鴉兄弟們前來吃食，並再次祝禱，希望能見竹青一面。
那天晚上，魚容借宿在湖邊村落的某戶人家裡。夜裡，他在燭光下閑坐，忽然間，一隻飛鳥悠然落下，停佇在桌前。魚容定睛一看，竟看見一位二十歲左右的美麗女子，她笑著說：「我們分開的這些日子裡，你還好嗎？」
魚容大為驚訝，謹慎請教眼前這位女子的身分。

那女子說：「你不認得我了嗎？我是竹青啊！」

一如所願，魚容終於再次見到了竹青！他高興得不得了，關心詢問她這些年來的近況。

竹青向魚容娓娓道來：「現在，我是漢江的女神，所以，較少有時間返回故鄉。之前，烏鴉使者兩次前來通報夫君你對我的情誼，因此，我特別來這裡和你相聚一番。」

聽完這話，魚容又是欣慰，又是感動。兩人像是久別重逢的夫妻，彼此歡喜依戀不已。魚容打算帶竹青往南方走，一起返回故鄉，然而，竹青卻邀請魚容同她到西邊的漢陽。這兩種意見，一時之間，還商量未定。

等魚容睡醒，竹青早已起床，他睜眼一看，發現自己所處的地方，是一座高聳堂皇的屋宅，巨大的蠟燭，閃耀輝煌，竟然不是在船上。

魚容驚訝起身，問道：「這是什麼地方？」

竹青笑著說：「這裡是漢陽。妾身的家，也就是夫君你的家，何必一定要往南方去呢？」

天色漸漸亮了，婢女、僕婦們紛紛來到，美酒佳餚也陸續端進屋裡來。大床上，另外設置一張矮桌，這對夫妻，就這樣對坐在矮桌旁，吃吃喝喝、暢快聊天。

魚容問道：「我的那些僕人們呢？」
竹青回答：「在船上。」
魚容很擔心船夫無法久等。竹青說：「沒有關係，我會幫你通知他們的。」
於是，兩人日夜談笑宴飲。魚容陶醉其中，把要回家的事都給忘了。
船夫一覺醒來，竟發現自己身處漢陽，驚駭得不得了。魚容的僕人們下船尋訪主人的蹤影，卻沒有任何消息。船夫想要到別的地方去，但是，船纜卻一直解不開，所以，一群人只得守候在船上。
在漢陽逗留兩個多月，魚容忽然想回家了。他對竹青說：「我在這裡，和家中的親戚們全斷絕往來，況且我們兩人是夫妻的名分，妳不去認一認家門，這樣怎麼行呢？」
竹青說道：「先姑且不論我不能前去；就算去了，你的家中本就有人類妻子，你又該如何安置我呢？倒不如讓我住在這裡，你就將這兒當成是你另外一個家吧！」
不過，魚容覺得兩地的距離太遠，不能時常見面，是一大遺憾。
竹青拿出一套黑衣，對魚容說：「你的舊衣服，我一直都還保留著。如果想我的時候，穿上這衣服，你就能來到這裡。到了之後，我會幫你解下衣服的。」說罷，竹青命人準備山珍海味，大擺宴席，為魚容餞行。

席間，魚容喝得酩酊大醉，醉後便沉沉睡去。一覺醒來，卻發現自己已在舟船上。仔細瞧瞧周遭的景致，竟然又回到洞庭湖原來停船的老地方，而船夫和僕人們也都還在船上，彼此相視對看，覺得疑惑、奇異不已！眾人不斷追問他這兩個月到底去了哪裡？

魚容故意裝出一臉迷惘和訝異的表情，躲開眾人的探詢。

在他的枕頭邊，多了一件包袱，解開來看：是竹青準備的新衣和鞋襪，那套黑衣，也摺得整整齊齊的，一併置放在其中；另外還有一個讓人繫在腰間的錦繡袋子，鬆開那袋子，發現裡頭滿滿都是金錢。於是，魚容指示眾人開船南下，到達目的地之後，他付給船夫非常豐厚的報酬，便帶著僕人們返家。

在家中住了好幾個月，魚容非常想念在漢水的竹青。於是，他偷偷穿上那套黑衣。當那套黑衣上身，魚容的兩腋瞬間生出翅膀，一飛沖天！在空中飛行約莫兩個時辰，他就抵達了漢水。

魚容在空中盤旋飛翔，往下俯視，望見一座孤島上矗立著好幾幢樓房，便伏身向下，降落在那兒。

這時，有個婢女看到他，高聲喊道：「魚容主人來了！」

不一會兒，竹青趕來，命令眾人小心為主人解下那套黑衣——頓時，魚容感覺全身的羽毛全數脫落。

竹青拉著魚容的手進屋，對他說：「你來得正好，我很快就要臨盆了！」

魚容開玩笑問：「是胎生？還是卵生呢？」

竹青說：「我現在是女神的身分，皮膚和骨骼已經有了改變。我想，應該會和以前不一樣才對。」

過幾天，竹青果然生了。胎衣厚厚包裹孩子，看起來像一個巨大的卵，破開之後，裡面是個男孩兒！

魚容很歡喜，將那男孩兒取名為「漢產」。

三天後，所有的漢水女神都聚集到這裡，她們紛紛帶各種衣服、食物與珍奇的禮物來祝賀。女神個個年輕貌美，沒有一位超過三十歲，她們一一進入房間內，來到床前，用大拇指輕輕按著男孩兒的小鼻子，這樣的動作，稱為「增壽」。

等到她們離開，魚容問道：「她們都是些什麼人啊？」

竹青說：「她們和我一樣，都是漢水的女神。你應該聽過早在周朝的時候，有個名叫鄭交甫的男子，他在漢皋台這個地方，偶然遇見兩位佩帶雙珠的女子。鄭交甫請這兩名女子將珠佩送給他，女子解下來交給他後，鄭氏將它藏入懷中，往前走十步，再伸手入懷，卻發現珠佩不見了，等他再回頭，兩位女子也不見蹤影……剛剛走在最後面的那位穿藕白色衣服的女子，就是〈漢皋解佩〉這則故事裡，解佩的那位女子呢！」

魚容在這裡住了好幾個月。要離開的時候，竹青送了他一艘船，那艘船很奇特，不需要帆和槳，就可以自動輕快航行……

靠岸之後，已經有人牽著馬兒在路旁迎接他，騎上馬，魚容就順利返家了。

此後，魚容便以這樣的方式，往來於漢水之間。

好幾年過去了，漢產長得愈來愈秀逸俊美，魚容極為疼愛這孩子。魚容的元配和氏，因為自己無法生育，經常向魚容提起，想見一見漢產。魚容便將和氏的心願轉告竹青，竹青聽了，就為漢產打理好行李，讓他隨父親回家，並約定三個月之後再回到漢水。

父子倆回家之後，和氏對於漢產的疼愛，像是對待親生兒子一般。過了十幾個月，她就是捨不得讓漢產回到竹青身邊。

有一天，不知道是什麼原因，漢產突然罹患急症，隨即猝死。和氏為此哀痛得不得了。

魚容前往漢陽，心裡正在琢磨該如何告訴竹青這個不幸的消息。沒想到，剛踏進門，卻瞧見漢產光著腳丫子，好端端躺在床上呢。

魚容非常驚喜，連忙問竹青是怎麼回事兒。

竹青說道：「你違背原來三個月的約定很久了。我很想念兒子，所以，就將他喚回來了！」
魚容將和氏疼愛漢產的緣由，一一向竹青解釋清楚。竹青聽完這番解釋之後，對魚容說：「等我哪天再有了孩子，我會讓漢產回到和氏的身邊。」
又過了一年多，竹青生下一對龍鳳胎：男孩兒取名為「漢生」，女孩兒取名為「玉珮」。於是，魚容便帶著漢產回到湖南。
只是這一年之中，魚容往返湖南和漢陽兩地，有三、四次之多。他覺得實在很不方便，決定舉家遷往漢陽。
漢產十二歲時，進了府學裡讀書。竹青認為，人間的世俗女子，資質皆配不上漢產，就將漢產帶回她的居處，幫他娶了妻子之後，才讓他回去。漢產的妻子，名叫「卮娘」，也是由漢水女神所生育。
後來，和氏過世之後，漢生與玉珮都前來奔喪。葬禮結束之後，漢生也留了下來，而魚容則帶著玉珮回到竹青那兒。從此之後，再也沒有回來。

偷桃

有一年，我前往濟南府參加考試，那時，正好遇上春節。按照傳統習俗，立春前一天，各行各業的商人都會抬著用竹木架成、上頭裝飾彩色帶子的小樓閣台子，一路吹吹、打打、敲敲，鏗鏗鏘鏘演奏著樂曲，直到地方民政官衙的大門口。這類活動，就是所謂的「演春」。

我也跟夥伴前去參加，湊湊熱鬧！那天，遊行的人非常多，在衙門前圍成一道厚厚的人牆。擠在人群之中，往衙門方向望去，只見那大堂上有四位官員，他們都穿著大紅色的官服，分成東西兩列，面對面坐著。當時，我年紀還很輕，搞不清楚他們到底是什麼官。

在人聲嘈雜、鑼鼓喇叭的刺耳喧囂之間，忽然有一個人牽著一個披頭散髮的孩子，挑著擔子，走進了大堂，似乎有什麼事情要稟告；但因為現場實在是太吵雜了，根本聽不清楚他說些什麼，只看到堂上的那些官大人們呵呵笑。隨後，一名差役大聲傳下命令：要他表演戲法。

那人接受了命令，問道：「那麼，請問大人們要小的變些什麼戲法？」四位官員彼此對看一會兒，討論了幾句。接著，差役從廳堂走下來，詢問那人的專長。那人回答說：「我能夠顛倒萬物生長的季節！」差役轉身上堂，向官員們回稟，沒多久，又從堂上走下，要求那人獻上桃子。

那名會變戲法的藝人躬身行禮，接受這項命令。

他脫下棉衣，蓋在一旁的竹箱上，故意裝出一副很生氣、很煩惱的樣子，抱怨道：「那些長官們真是不明事理啊！眼前那些硬邦邦的冰雪都還沒融化呢！要我去哪裡摘桃子哩？可是，不去摘，又怕那些長官大人們怪罪，這……這可怎麼辦哪？」

他的兒子說：「父親既然都已經答應了，怎麼能夠推辭呢？」

賣藝人一臉悵惘，許久，終於說道：「我仔細考量、盤算過了，現今也才立春，到處都是冰雪堆積，這人間哪裡還能夠找著桃子呢？我看，大概只有到西王母娘娘的桃子園裡，才找得到。那裡呀，一年四季，花木盛開，果實肥美，或許還能有機會找著桃子。所以，一定得去天上偷才行哪！」

兒子說：「哈哈！天上是我們可以爬得上去的嗎？」

「我有法術！」父親說完，打開箱子，從裡面拿出一團繩子。繩子約莫有數十丈長，他稍稍整理一下繩頭，往天空用力拋去——沒想到，那繩子竟然就這樣懸立在空中，好像勾住什麼東西似的。沒多久，繩子愈投愈高，彷彿隱入雲霄。這時，他手中的繩子也用完了。

父親叫喚兒子過來，交待：「兒子啊，我年紀大了，體力不行啦！臂力和腿力也實在沒法子攀爬這麼遠。看來，要靠你跑一趟啦！」說完，將繩頭遞給兒子，又說：「你抓住這繩子往上爬，就能到西王母的桃子園！」

兒子接過繩子，面有難色地說：「父親您也太糊塗了吧？要我抓這麼一條細繩子，爬上高天雲霄去。要是我爬到一半，這繩子斷了，那我不就會摔得粉身碎骨？」

父親半威嚇、半撫慰說：「我已經答應長官們的要求了，事到如今，後悔也來不及啦！還是要勞煩你去一趟。你先別憂慮，要是真能偷得到，一定會賞你一百兩銀子，再為你娶個漂漂亮亮的媳婦喔！」

於是，兒子抓緊繩索，就這麼盤旋而上；兩手兩腳，攀抓踩蹬，宛如蜘蛛沿著蛛絲爬行一般。漸漸的，他隱沒在雲絮之間，不見了蹤影。

過了好久，從看不見的雲端處，突然落下一顆桃子！那桃子，就像飯碗那樣大。

賣藝人拾起那大桃子，高興得不得了，立即將它獻給堂上的大人們。那些官員彼此傳看，也分不清那桃子到底是真的、還是假的。正在狐疑的時候，忽然間，繩子掉到地上。

賣藝人臉色大變，驚慌地說：「糟了糟了！上面有人砍斷繩子啦！哎呀！我兒子啊……我兒子可怎麼辦啊？」

過了一會兒，又有東西從空中摔落下來。藝人走近一看：竟是他兒子的腦袋！他捧起兒子的頭顱，悲泣地說：「這必定是偷桃的時候，被守園人發現了！我的兒啊……」

緊接著，從空中又掉下一隻腳來！過沒多久，其他的肢體也紛紛掉落在地上。

賣藝人傷心欲絕，將兒子的殘骸一一撿起，放進竹箱，蓋好蓋子。

他說：「老夫就只有這麼一個兒子啊！他每天跟著我四處闖蕩，今天，為了遵從大人們的命令，讓他上天偷桃，沒想到，竟遭遇如此大禍。如今，我只好將他的屍骨帶回家鄉，好好埋葬了！」

說完，他登上廳堂，向堂上大官們叩頭：「為了奉獻桃子給大人，卻把我的兒子給害死了。如果大人們願意可憐可憐我，可以幫助我好好埋葬兒子，那麼，我必然誓死報恩哪！」

堂上官員們看了此番景象，覺得十分驚愕，每人都賜給那名藝人不少銀兩。

賣藝人收下那些銀兩，將它們謹慎纏進腰間，然後，拍著那只竹箱，大聲叫兒子：「八八兒，還不趕快出來謝賞！在等什麼哪？」

這時，一個披頭散髮的孩子，用頭頂開竹蓋，從箱子裡跳了出來，對著堂上大人們猛磕頭。那孩子，正是賣藝人的兒子！

這樣的戲法，實在是太不尋常了！也因此，讓我記憶猶新。後來，我聽說白蓮教*的教徒們，也會表演這種魔術。所以我想，那名賣藝的人，可能就是他們的後代吧？

*白蓮教，一般認為源於宋代茅子元所創立的佛教淨土宗分支白蓮宗。發展到明清時期，已是具有多元分歧的祕密宗教組織，在歷史上發動過多次民變。

經典文學
最詭奇的蒲松齡童話

作者	蒲松齡
譯者	吳雅蓉
繪者	Amily
總編輯	陳郁馨
特約主編	王　玉
責任編輯	黃暐婷
行銷企畫	黃千芳
版型與封面設計	一瞬設計有限公司
排版	Bear 工作室
社長	郭重興
發行人兼出版總監	曾大福
出版	木馬文化事業股份有限公司
發行	遠足文化事業股份有限公司
地址	23141 新北市新店區民權路 108-2 號 9 樓
電話	02-22181417
傳真	02-86671891
Email	service@bookrep.com.tw
郵撥帳號	19588272 木馬文化事業股份有限公司
客服專線	0800221029
法律顧問	華陽國際專利商標事務所　蘇文生律師
印刷	成陽印刷股份有限公司
初版三刷	2015 年 7 月
定價	260 元
ISBN	978-986-5829-44-5
有著作權・翻印必究

最詭奇的蒲松齡童話 : 浮生若夢 / 蒲松齡著 ; 吳雅蓉譯 . -- 初版 . -- 新北市 : 木馬文化出版 : 遠足文化發行 , 2013.09
面 ;　公分 . （經典文學）

ISBN 978-986-5829-44-5(平裝)

875.27　　102015058

木馬臉書粉絲團　http://www.facebook.com/ecusbook
木馬部落格　http://blog.roodo.com/ecus2005